Hannes Wildecker

Tatort Hunsrück

Milch so weiß wie der Tod

Bibliographische Information der Deutschen Bibliothek:

Die Deutsche Bibliothek verzeichnet diese Publikation in der Deutschen Nationalbibliographie; detaillierte bibliographische Daten sind im Internet über http://dnb.ddb.de abrufbar.

ISBN 978-3-940760-01-2

Prolog

Die prallen bunten Plastiktüten ziehen an beiden Armen von Manfred Radtke und das Gehen fällt ihm schwer. Es ist kurz vor Dunkelheitseinbruch und Müdigkeit macht sich in ihm breit. Seit sechs Uhr am Morgen ist er schon auf den Beinen, hat fast die gesamte Stadt durchkämmt nach brauchbaren Dingen und auf der Suche nach Seinesgleichen.

Langsam schwindet ihm die Kraft, denn eine richtige Mahlzeit hat er heute noch nicht zu sich genommen. Normalerweise steht er mittags an der Bahnhofsmission an, denn dort wartet auf ihn eine kräftige Suppe und manchmal auch ein Stück Fleisch mit Kartoffeln und Gemüse. Doch heute war ihm der Weg zu weit bis zum Bahnhof. Am anderen Ende der Stadt hatte er Freunde getroffen. „Freunde" ist eigentlich der falsche Ausdruck, eher Leidensgenossen. Ja. Leidensgenossen, diese Bezeichnung gefällt ihm.

„Wir haben alle dasselbe Leiden ...", denkt Radtke. „... keine Wohnung, keine Angehörigen, kein Geld, kein Mitleid. Penner, wie man uns allerorten nennt. Ehrlose, Outlaws, Geduldete. Aber auch wir haben unser Schicksal hinter uns. Ist eigentlich falsch", denkt Radtke." Wir sind doch mitten in unserem Schicksal drin. Leben irgendwo, wo man uns lässt."

Im Sommer unter Brücken in Grünanlagen der Krankenhäuser und im Winter in zerfallenen Häusern, die von den Eigentümern aus irgendwelchen Gründen aufgegeben wurden, oder um die man sich streitet, ob es Wert hätte, sie abzureißen oder wieder aufzubauen. „Das ist eigentlich kein Leben, das ist Dahinvegetieren", denkt Radtke. Das Eigentum stets am Leibe mit sich rumschleppend, denn einmal etwas am Übernachtungsplatz liegen lassen ist die Aufgabe am Eigentum. „Im Sommer trägst du deine Kleidung in Plastiktüten nach und im Winter gleichst du einer Zwiebel, denn alle kleidenden Besitztümer stapeln sich auf deinem Körper, auch in der kalten Jahreszeit nur eine Notlösung. Aber, was soll's? Das ist unser Leben, das ist auch mein Leben. Und das bereits seit fast zwanzig Jahren", erinnert sich Radtke und Bilder aus vergangener Zeit tauchen erst milchig, dann immer klarer werdend, in seiner Vorstellung auf.

Der Weg in die Verwahrlosung bedarf nur eines kleinen Anstoßes, wenn der dazu führende Anlass schon so angewachsen ist, dass er reicht, um geregelte Bahnen zu verlassen.

Radtke erinnert sich ungern, doch manchmal kommen die Gedanken einfach und er kann sich ihrer nicht erwehren. Wie durch einen Schleier sieht er seine Frau in den Armen eines anderen, in seiner Wohnung, in seinem Schlafzimmer, in seinem Pyjama. Wie im Traum hört er ihre Stimme, die ihm sagt, dass es vorbei sei, dass er gehen solle, dass er seine Sachen packen könne.

Die Scheidung, die Ansprüche an ihn, die Kinder, die sich von ihren Eltern abgewendet hatten, brachten den kleinen Stein ins Rollen, der zu einem Felsen anwuchs. Kaum etwas blieb ihm am Monatsende von seinem Verdienten und seine Frau und ihr Liebhaber machten sich auf seine Kosten ein schönes Leben. „Nicht mit mir!", hatte er sich vorgenommen. „Nicht mit mir!"

Von einem Tag auf den anderen hatte er seine Arbeit aufgegeben, sein Ränzel gepackt und war auf und davon. Er hatte sogar mit dem Gedanken gespielt, seine Frau umzubringen. Doch die Vernunft hatte gesiegt. Bei ihm war nichts mehr zu holen und es überfiel ihn trotz allem, oder gerade deswegen, eine wohlige Genugtuung. Von diesem Tag an hat er fast jeden Winkel in Deutschland durchkämmt, aber ein wirklicher Tippelbruder ist er nie geworden. Rastlos in der Welt umher zu wandern, das war und ist nicht sein Ding. Und so landete er schließlich im Hunsrück und ließ sich in Idar-Oberstein nieder. Was man so unter Niederlassen in seiner Situation verstehen mochte. „Hier gefällt es mir“, denkt er. „Ein schöner Fleck zum Sterben, irgendwann, nicht schon jetzt. Die Winter, ja die Winter sind kalt hier, umso schöner sind die Sommer.“

Radtke bleibt stehen. Er muss ausruhen. Er ist nicht mehr der Jüngste. Im kommenden Jahr wird er sechzig. „Das wird gefeiert“, denkt er. Mit Rotwein, seinen Kumpeln und vielleicht in einem freundlicheren Haus als jenem, in dem er sich derzeit aufhält.

Radtke hat Hunger. Sein heute erbetteltes Geld hat er für eine Riesenflasche roten Landweins eingetauscht. Ein paar Münzen sind ihm geblieben. Am Supermarkt mit der Aufschrift „Gutkauf“ bleibt er stehen und zählt seine Barschaft. Dann geht er hinein und kauft sich einen Liter Milch im Tetra-Pack. „Hunsrück - Milch“ steht groß auf der Packung.

„Ist vielleicht nahrhafter als ein oder zwei trockene Semmeln“, denkt er und macht sich auf den Heimweg in die Rosengasse. Er schleppt sich die Stiege in dem muffig und nach Urin stinkenden Treppenhaus ins Obergeschoss, wo ein Teil seiner Kumpane schon ihr Nachtlager aufgeschlagen hat. Der über den Tag konsumierte Rotwein hat ihnen bereits jetzt schon die nötige Schläfrigkeit beschert und macht die aufkommende Herbstkälte etwas weniger merklich.

„Bald wird es wieder Winter sein“, denkt Radtke. Jetzt, Mitte November, sind die Temperaturen noch gut auszuhalten, aber im übernächsten Monat? Er will nicht darüber nachdenken. „Wir sind Penner, wir leben jetzt, in den Tag hinein, nicht in die Zukunft. Zukunft, was ist das schon für einen wie mich? Zukunft, pah, die ist für mich Vergangenheit. Wenn ich es recht überlege: Eine Zukunft im Sinne von etwas erreichen, etwas darstellen, etwas sein, die hatte ich nie. Und die werde ich eben nie haben!“, denkt er, wieder ernüchtert die Gegenwart erkennend.

Radtke stellt seine Plastiktüten neben der Schlafstelle von Martin Scharlow ab. Zu ihm hat er einen engeren Kontakt als zu den anderen. Scharlow ist eine gutmütige Seele, nicht so verschlagen wie manche der anderen. „Man kann ihnen deshalb keinen Vorwurf machen“, denkt Radtke. „Das Leben, das wir führen, hat uns so gemacht.“

Scharlow ist noch wach. Er sieht Radtke zu, der seine Habseligkeiten ausbreitet und sein Nachtlager aufschlägt. Als Radtke den Tetra-Pack Milch auspackt, kommt Leben in ihn.

„Darf ich einen Schluck haben?“, fragt er, doch Radtke macht keine Anstalten, ihm etwas abzugeben.

„Ich habe hier noch eine Semmel. Ein Schluck von der Milch für diese Semmel.“

Radtke hat Hunger. Eine Semmel und dann noch ein halber Liter Milch, das würde ihn sättigen. Der nickt zur Bestätigung und Scharlow zeigt ihm das altbackene Mehlprodukt. Dann greift er zum Milchbehälter, dreht mit fahrigen Händen den Schraubverschluss auf, reißt die Dichtungsmembrane heraus und nimmt einen großen Schluck und noch einen.

„Ist genug“, sagt Radtke unwirsch und windet Scharlow das Milchgefäß aus der Hand. „Der säuft mir noch alles weg!“, denkt er und schaut in die Runde. „Da soll mir noch einer kommen, so geht das nicht! Das ist meine Milch. Und für den Teil, den Scharlow gesoffen hat, will ich sofort meine

Semmel haben." Er dreht sich zu Scharlow um, doch der kümmert sich nicht mehr um ihn. „Das kann doch nicht wahr sein", denkt Radtke und ertappt sich dabei, dass er es laut gesagt hat. „Trinkt mir meine Milch weg und legt sich zufrieden hin zum Schlafen."

„He, Scharlow, so geht das aber nicht. Ich will meine Semmel." Er stößt Scharlow mit dem Fuß gegen dessen Allerwertesten, doch Scharlow rührt sich nicht.

„Nicht mit mir!", denkt Radtke und schüttelt den vermeintlich Schlafenden, der sich immer noch nicht rührt. Er wird stutzig. In der Dämmerung kann er das Gesicht von Scharlow nur schemenhaft erkennen. Mit zitternden Fingern kramte er eine Kerze und Streichholz aus der Jackentasche.

Utensilien zum Feuermachen hat er immer dabei. Eine Kerze in einem kleinen Raum hat ihm schon des Öfteren, auch im Winter, die erforderliche Wärme geschenkt. Er zündet die Kerze an und hält sie vor das Gesicht von Scharlow. Der bewegt sich nicht, sondern sieht ihn nur mit großen Augen an. Radtke will erneut ansetzen und Scharlow mit Vorwürfen überhäufen, doch dann hält er ein. „Mein Gott, Scharlow!" Vor ihm liegt ein Toter, das weiß er jetzt. Scharlow, sein Gefährte, liegt vor ihm, hat Schaum vor dem Mund. Es scheint, als grinse er ihn verzerrt an. Scharlow ist tot. Radtke kann keinen klaren Gedanken fassen. Eben noch war doch alles in Ordnung und jetzt!

Die Milch, kommt es ihm blitzartig in den Sinn. Es muss mit der Milch zusammenhängen! Wenn das so sein sollte, dann könnte ich jetzt auch so daliegen. Wenn ich als Erster getrunken hätte! Nicht auszudenken!

Radtke packt seine Sachen zusammen, schraubt den Gewindedeckel auf den Tetra-Pack und steckt ihn in seine Tragetasche. Einen Blick noch auf

Scharlow, dann verlässt er, wie er gekommen ist, gebeugt von der Last, den Ort, der ihm immer unheimlicher wird. „Die Polizei ...“, denkt er „... ich muss zur Polizei. Man wird sonst denken, dass ich etwas damit zu tun habe. Scharlow, mein alter Kumpel! Warum lässt du mich alleine?“

1. Kapitel

Im Fernseher kam wieder mal gar nichts. Natürlich kam etwas, aber alle Programme hatten heute nichts drauf, was auch nur annähernd in meine Richtung tendierte. Lisa war schon auf der Couch eingeschlafen, auch eine Folge des miserablen Fernsehprogramms. Ich beobachtete sie, wie sie mit angewinkelten Knien auf der Seite lag, die gefalteten Hände unter ihrer linken Gesichtshälfte eingeklemmt. Über ein Jahr waren Lisette Bauer und ich nun schon zusammen.

Ich muss gestehen, dass ich mich oft darüber wunderte, denn außer mit regelmäßiger und oft unerwarteter Abwesenheit konnte ich mit wenig bei ihr glänzen und ich fragte mich oft, was Lisa bei mir hielt. Aber verstehe einer die Frauen, dachte ich und vernahm ein leises Schnurren, das man durchaus als den Hauch eines Schnarchens hätte deuten können.

Aber Frauen schnarchen nicht, sie schnurren eben nur. Spricht man sie darauf an und unterstellt ein Schnarchen, hat man äußerst schlechte Karten. Tauscht man aber das Wort Schnarchen gegen das Wörtchen Schnurren aus, kann es sogar sein, dass Frau dies zugibt mit dem Hinweis, dass sie sich eben sehr wohl gefühlt habe.

Ich selbst fühlte mich nicht so richtig wohl. Müde war ich auch noch nicht. Also zog ich aus dem Regal mit meinen rund zweihundert DVD-Filmen die „Greatest Hits“ von TOTO, einem Live-

Zusammenschnitt der Kult-Rockband aus dem Jahr 1990, heraus und legte sie in den DVD Player. Während Steve Lukather`s „I`ll be over you“ erklang, nippte ich an meinem Glas Rotwein, lehnte mich zurück und schloss die Augen. Derweil der Sänger seiner Angebeteten versprach, immer für sie da zu sein, machte ich mir schon fast Gewissensbisse wegen Lisa. Wie oft hatte ich ihr versprochen, gemeinsam mit ihr Dinge zu unternehmen, wegzufahren, ziel- und planlos über den Hunsrück, durch die Wälder, die Täler. Alleine mit ihr, ohne Telefon, ohne die ständigen Anrufe, die auch nicht vor meiner Freizeit Halt machten. „Der Polizeibeamte ist immer im Dienst, auch Sie, Hauptkommissar Heiner Spürmann“, hörte ich Willibald Wittenstein, meinen Chef, sagen. Er hatte Recht. Wie oft hatte ich das am eigenen Leib erfahren müssen.

Ich erschrak. Die Musik hatte gewechselt und war härter geworden. Ich drehte „Kingdom of Desire“ leiser und beobachtete Lisa. Doch sie schlief tief und fest.

Aber mit einem Schlag dann war plötzlich die friedliche, fast eheähnlich anmutende Idylle vorbei. „Du bist immer im Dienst!“, schien mir das Telefon zuzurufen und ich sah Wittenstein förmlich mit erhobenem Zeigefinger vor mir stehen. Das Telefon läutete weiter. Lisa rieb sich die Augen und setzte sich aufrecht.

„Musst du los?“, fragte sie und ich zuckte unwissend und erwartungsvoll mit den Achseln.

„Ja, Spürmann?“

Am anderen Ende der Leitung hörte ich Stimmen, die durcheinander redeten. Mein Tinnitus, der sich immer dann meldete, wenn es begann stressig zu werden, versetzte mich auch dieses Mal nicht. Schließlich meldete sich Kollege Paul Mereien vom Kriminal-Dauerdienst.

„Hallo, Heiner, ich hoffe, du schläfst noch nicht!“

Ich schlug die Augen zum Himmel.

„Es tut mir leid, es wird sicherlich eine lange Nacht für dich. Wir haben einen toten Penner in Idar-Oberstein. Sieht nach Fremdverschulden aus. Aber warte, ich gebe dich weiter. Der Chef möchte dich sprechen."

„Hallo, Spürmann, so ist das nun mal, wenn man Bereitschaft hat." Es war Kriminaldirektor Wittenstein, mein direkter Vorgesetzter. Er war nicht nur mein Chef, sondern hatte alle Kriminalinspektionen unter sich, so auch die Mordkommission.

„Aber Spaß beiseite (wo hier wohl der Spaßfaktor lag?). Der Tod dieses, ja, äh Landstreichers wurde von einem seiner Kumpanen gemeldet. Faselt etwas von vergifteter Milch und so. Also, Fremdverschulden ist zumindest nicht auszuschließen. Kümmern Sie sich bitte darum! Der Zeuge sitzt noch auf der Dienststelle in Idar-Oberstein. Er bleibt dort, bis Sie eintreffen. Also, beeilen Sie sich!"

„Ich werde also mit meinem Privatwagen fahren. Ist das o.k? Ich meine, wegen der Spesen und so."

„Ja, das geht in Ordnung, oder haben Sie irgendwann einmal Ihrem Geld nachlaufen müssen?"

Ich gab Wittenstein keine Antwort, was er sicher zu deuten wusste und wechselte das Thema.

„Ich möchte Leni mitnehmen. Kollegin Marlene Schiffmann!"

„Na, Sie sind mir ja einer!" Ich sah förmlich das Grinsen im Gesicht Wittensteins. „Ich kann mich erinnern, da reagierten Sie auf mein Angebot mit einer Frau zusammen zu arbeiten, doch eher allergisch!"

Ich wusste, was Wittenstein meinte. Er spielte auf den Fall im Waldhausener Forst an, auf den „gekreuzigten" Zuhälter Rietmaier. Leni wurde mir damals frisch von der Polizeischule zur Seite gestellt und ich gebe zu, das war anfangs überhaupt nicht in meinem Sinne, um es gelinde auszudrücken. Doch Leni mauserte sich zu dem, was man einen richtigen Kumpel nennt und dienstlich harmonierten wir in der Folgezeit sehr gut.

„Ich möchte wieder mit Leni arbeiten“, sagte ich frech in die Leitung. „Ist das zu viel verlangt?“

„Nun werden Sie mal nicht anzüglich, junger Mann“, kam sofort das Echo aus der Leitung. „Sie sollen Ihren Willen haben. Aber auch nur deshalb, weil ich mir von Ihnen beiden eine gute Arbeit verspreche. Enttäuschen Sie mich also nicht! Ich gebe Ihnen noch mal Kollege Mereien, der wird Sie mit den Einzelheiten vertraut machen.“

„Paul, verständige bitte Leni“, bat ich Mereien. Ich warte in Forstenau, in meiner Wohnung, auf sie. Von dort aus kann sie mit mir weiterfahren.“
Es dauerte eine knappe Dreiviertelstunde, da fuhr Leni vor.

„So, Heiner, da bin isch“, sagte sie in ihrem unverwechselbaren Adenauer-Dialekt. „Hallo, Lisa, isch muss deinen Mann leider entführen.“ Als sie dabei das „e" der Worte „deinen“ und „leider“ in der ihr eigenen Art in die Breite zog, konnten Lisa und ich uns ein Grinsen nicht verkneifen.

„Passt auf Euch auf und kommt gut an!“, rief Lisa uns nach und ich schickte ein Stoßgebet zum Himmel, dass mein alter Opel uns dabei unterstützen möge.

2. Kapitel

Die Kollegen von der Kriminalpolizei in Idar-Oberstein erwarteten uns bereits. Es war immer wieder das leidige Spiel. Sie, die selbst Kriminalbeamte waren, wurden bei Vorliegen eines Kapitalverbrechens gezwungen, zurück in die zweite Reihe zu treten und der Sonderkommission Platz zu machen.

So ist das nun einmal geregelt und die Zuständigkeitsgrenzen sind genauestens festgelegt. Das hat auch nicht im Geringsten etwas damit zu tun, dass sie die Ermittlungen nicht im Griff hätten, nein, es hatte ganz einfach damit zu tun, dass Sonderkommissionen nun mal die größere Erfahrung auf diesen Gebieten besitzen, da sie tagtäglich mit Kapitalverbrechen konfrontiert werden. Und vor allem konnten sie an dem Fall dranbleiben, ohne durch andere Einflüsse abgelenkt zu werden.

Aber aus Sicht der Kollegen, die ihre Dienststelle dafür zur Verfügung stellen müssen, dass andere ihre Arbeit in ihren eigenen vier Wänden tun, ist das schon hart, zugegeben. Aber in keinem Fall ist es so, dass die Kommission in aller Stille und unter Geheimhaltung aller Fakten ihren Ermittlungen nachgeht. In jedem Fall werden die Kollegen in die Ermittlungen integriert, ihnen werden Recherchen zugewiesen und vor allem: Sie werden als Gleichberechtigte in den Fall einbezogen. Ohne sie wäre die Kommission aufgeschmissen. Kommission ist gut. In diesem Fall bestand sie aus Leni und mir. Und umso mehr waren wir auf die Mithilfe der Kollegen angewiesen.

„Emmerich, Werner Emmerich, mein Name. Ich bin hier der Kommissar vom Dienst“, kam ein großer, kräftiger Kollege auf uns zu, gab mir die Hand und verbeugte sich kurz vor Leni. Doch die bot ihm ihre Hand, die Emmerich leicht errötend erfasste.

„Sie wohnen in der Pension ‚Bergkristall', einem kleinen Hotel ganz hier in der Nähe. Ich hoffe, es wird Ihnen beiden zusagen.“

Dann kam Emmerich zum dienstlichen Teil.

„Meine Kollegin Susanne Quarto und ich haben uns bereits mit dem Landstreicher unterhalten. Der sagt, er habe heute am Abend im Supermarkt ‚Gutkauf" einen Liter Milch gekauft, der seiner Meinung nach vergiftet war. Einer seiner Kollegen hat die

Milch getrunken und ist unmittelbar darauf verstorben. Ob die Milch tatsächlich die Ursache für seinen Tod ist, steht bislang nicht fest. Wie auch? Die Milch muss zuerst untersucht werden und der Tote natürlich auch."

„Wo ist die Leiche jetzt?"

„Wir haben den ersten Angriff ‚gefahren', Tatortaufnahme und so, Fotos gefertigt und die Namen der Stadtstreicher festgehalten, die im gleichen Gebäude wie der Tote und der Zeuge gehaust haben. Der Tote liegt in der Leichenhalle des städtischen Krankenhauses. Sein Name ist, warten Sie mal, ja, Scharlow, Martin Scharlow. Seine Person ist uns bekannt. Ein Harmloser, kaum straffällig geworden, nur so das Übliche. Ladendiebstahl, Bettelei und so. Ist keiner aus der hiesigen Gegend. Kommt aus Berlin. Der Zeuge Radtke ebenso. Scheint ihnen im Hunsrück besonders gut zu gefallen. Oder gefallen zu haben. Aber, wer stirbt schon gerne im Hunsrück?"

Emmerich gefiel offensichtlich das abgewandelte Zitat eines bekannten Romans.

„Ich möchte den Tatort sehen", unterbrach ich den literarischen Vortrag von Emmerich. „Können wir gleich dorthin fahren? Den Zeugen, wie hieß er gleich, ja, Radtke, würde ich gerne mitnehmen."

Mein Handy klingelte, nein, es vibrierte. Ich muss zugeben, in den seltensten Fällen hörte ich mein tragbares Telefon, aber das Vibrieren in meiner Hosentasche, das merkte ich schon.

Es war Albert Steiner, Reporter beim „Trierer Merkur" und gleichzeitig Leiter der Außenstelle in Hermeskeil. Der Kerl schien entweder eine gute Nase zu haben oder eine gute Quelle. Oder aber, er hörte den Polizeifunk ab, wie es viele in seiner Branche zu tun pflegen, obwohl es nicht erlaubt ist.

„Hallo, Herr Spürmann, Steiner hier, ‚Trierer Merkur'. Sie erinnern sich an mich? Können Sie mir irgendetwas über die Todesursache des Landstreichers sagen? Oder soll ich bei Ihnen vorbeikommen? Kein Problem."

Gott im Himmel, bloß das nicht! Ich musste ihm etwas erzählen.

„Hören Sie Steiner, es ist noch zu früh. Ich kann Ihnen noch nichts sagen, weil wir mitten in den Ermittlungen stecken. Wie wäre es, wenn Sie mich morgen wieder anrufen?"

„Eine Kleinigkeit nur, für eine Kurzmeldung, Sie verstehen. Ich kann meine Kenntnis doch nicht einfach so für mich behalten."

„Woher haben Sie denn Ihre Kenntnis?"

Es folgte ein kurzes Schweigen, dann war Steiner wieder da.

„Wann soll ich mich morgen melden?", fragte er resigniert.

„Rufen Sie mich im Laufe des Tages auf meinem Handy an." Ich gab ihm die Nummer. „Und tun Sie mir bitte den Gefallen und warten Sie bis morgen, ehe Sie etwas Falsches schreiben!"

Die Tatortbesichtigung brachte uns nicht viel weiter. Leni machte noch einige Fotoaufnahmen und Radtke zeigte uns genau die Stelle, an der er und Scharlow ihr Lager aufgeschlagen hatten. Die Stadtstreicher, die sonst mit ihnen hier gehaust hatten, waren alle verschwunden, wie vom Erdboden verschluckt. Mit einem Mord, nein, damit wollte man nichts zu tun haben Und mit der Polizei schon gar nicht. Was soll`s? Zumindest hatte man ihre Namen festgehalten.

Auf ihre Aussagen konnten wir allerdings vorläufig verzichten. Was hatten sie uns schon zum Tathergang zu sagen? Nichts! Was hatte uns Radtke zu sagen? Wir würden es erfahren.

Zurück auf der Dienststelle nahmen wir uns Radtke vor. Der arme Kerl war total übermüdet. Er schilderte uns in groben Zügen von seinem Milchkauf, von seinem Tausch mit Scharlow und der Erkenntnis, dass sein Kumpel plötzlich tot war. Mehr war aus ihm nicht herauszuholen.

Ich einigte mich mit Emmerich, Radtke im Polizeigewahrsam ausschlafen zu lassen. Das war zwar gegen die Vorschrift, aber wir konnten es mit erforderlichen Vernehmungen seiner Person am anderen Morgen begründen. Und einen festen Wohnsitz hatte er ohnehin nicht. Radtke sah uns dankbar an, bevor wir die Zelle hinter ihm verschlossen.

Leni war derweil nicht untätig gewesen.

„Ich habe im Internet mal alle ‚Gutkauf'- Filialen in der hiesigen Region ausfindig gemacht. Wenn die vergiftete Milch tatsächlich aus einem dieser Großmärkte stammt, dann haben wir morgen früh ein großes Stück Arbeit vor uns. Vorsorglich habe ich der Zentrale der Milch verarbeitenden Fabrik in Weilersberg, dort wird das Produkt mit der Marke ‚Hunsrück – Milch' verarbeitet, abgefüllt und an die Supermärkte, mit denen man vertragliche Bindungen hat, geliefert, eine Mail gesandt. Ebenso an die Hauptstelle des ‚Gutkauf'. Ich hoffe, dass dann zu Geschäftsbeginn morgen früh alle suspekten Packungen aus den Regalen genommen sein werden. Unsere Arbeit wird es sein, zumindest in den hiesigen Märkten, die Milchpackungen sicherzustellen und untersuchen zu lassen. Rischtisch, Heiner?“

Leni sah mich bei dieser Frage in ihrem Dialekt an, nicht Emmerich, der sich offensichtlich mit seiner Situation als Ermittler in der zweiten Reihe abgefunden hatte.

„So werden wir es machen. Und gemeinsam“, ich sah Emmerich an „werden wir das auch schaffen. Und gemeinsam werden wir auch, ich hoffe es jedenfalls, Erfolg haben. Wir werden jede Menge Leute brauchen, morgen früh.“

„Dafür werde ich sorgen!“ Emmerich gab uns die Hand zum Abschied. „Susi Quatro wird morgen auch mit dabei sein.“

„Susi Quatro? Etwa die Sängerin?“

Emmerich drehte sich im Weggehen noch einmal um und lachte. „Nein, wir nennen sie nur so, wegen ihres Namens. Ich meinte natürlich Kriminalkommissarin Susanne Quarto. Aber wir nennen sie alle nur Susi Quatro.“

3. Kapitel

Der kommende Tag sollte hektischer und noch weniger aufschlussreich werden als der Vorabend. Leni und ich hatten uns im Hotel „Bergkristall“ einquartiert. Der Name des Hotels war bezeichnend, denn in Idar-Oberstein ist das deutsche Edelstein-Handwerk zuhause. Die Zahl der Edelstein-Schleifereien scheint unendlich zu sein. Entlang der Edelstein-Straße gibt es zahlreiche Edelstein- und Schmuckbetriebe. In viele darf man hineinschauen, darf bei der Bearbeitung zusehen. Und, natürlich auch edles Gestein kaufen.

Früher wurden am Steinkaulenberg bei Idar-Oberstein Edelsteine zutage gefördert. Das hat sich alles geändert. Heute ist es wirtschaftlicher, die Steine zu importieren und nur zu bearbeiten. Das Suchen überlässt man jetzt den Touristen. Und die finden tatsächlich immer wieder kleine Brocken von Achat, Jaspis oder Amethyst entlang der so genannten Deutschen Edelsteinstraße, einer rund 70 Kilometer langen Themenstraße rund um Idar-Oberstein.

In dieser Nacht konnte ich kaum ein Auge zumachen und stand schon vor Aufgehen der Morgensonne vor Lenis Zimmer. Ich wollte zaghaft klopfen, um festzustellen, ob sie noch schliefe, doch im gleichen Moment öffnete sich die Zimmertüre, so dass der Knöchel meines Zeigefingers Leni beinahe ins Auge getroffen hätte.

„Isch kann auch net schlafen“, entfuhr es ihr in ihrem Adenauer Dialekt und man sah ihr ebenfalls eine durchwachte Nacht an.

„Also auf zu frischen Taten!“

Am Frühstückstisch schmiedeten wir den Ablauf des heutigen Tages. Eine halbe Stunde konnten wir uns noch Zeit lassen. Was zur Gefahrenabwehr erforderlich war, hatten wir noch gestern erledigt. Kollege Emmerich hatte uns dabei tatkräftig unterstützt.

„Also, die Filialen der Lebensmittelkette ‚Gutkauf‘ sollten jetzt Deutschland weit informiert sein und ihre Bestände überprüfen“, ging ich mit Leni noch einmal alles durch.

„Die Polizeidienststellen haben alle Kenntnis und schließen sich mit den Filialen, in denen verunreinigte Lebensmittel auftauchen werden, kurz und veranlassen alles Notwendige wie Sicherstellung, Untersuchung durch die Chemischen Labore und so weiter.“

„Das bedeutet, wir können uns voll auf unsere Arbeit hier in Idar-Oberstein konzentrieren“, meinte Leni. „Aber siehst du das nicht auch so? Ohne einen entscheidenden Hinweis haben wir doch keinerlei Anhaltspunkt, wo wir mit den Ermittlungen ansetzen können. Wer macht so etwas, das mit den Lebensmitteln? meine ich. Welche Motive haben solche Menschen?“

„Vielleicht hat ja die Herstellerfirma jemandem irgendwann einmal auf die Füße getreten. Vielleicht hat er irgendwann bei den ‚Hunsrück-Milchwerken‘ gearbeitet und wurde gefeuert. Wir werden dort ansetzen.“

„Und was ist mit Radtke?“

Ach ja, Radtke. Den hatte ich schon ganz vergessen.

„Um den kann sich Emmerich kümmern. Aber mehr als gestern Abend wird Radtke ihm auch nicht erzählen können."

Ich wählte auf dem Handy die Nummer von Emmerichs Büro und sagte dem Kollegen, was wir vorhatten. Dann fuhren wir los in das sechzig Kilometer entfernte Weilersberg. Schon von weitem erkannten wir anhand der riesigen Werbung, wo unser Ziel lag. Eine riesige Leuchttafel mit der Aufschrift „Hunsrück-Milchwerke" machte uns sozusagen den Weg frei.

Der Pförtner, ein älterer Herr im Rentenalter, mit schlohweißem Haar, meldete uns telefonisch an.

„Sie möchten sich einen Moment gedulden", sagte der Mann in unverkennbar moselfränkischem Dialekt. „Es kommt gleich jemand zu Ihnen."

Dann widmete er sich wieder seinen Zeitungen und ich sah, dass er dabei war, ein Kreuzworträtsel auszufüllen. Auch nicht gerade die Erfüllung, so ein Job, dachte ich. Leni sah sich derweil gelangweilt durch die Fenster die Außenwelt der Milchwerke an.

Nach etwa zehn Minuten öffnete sich die Verbindungstüre zur Pförtnerloge und ein Mann, Mitte Vierzig, die Haare auf eine Länge kurz geschnitten und gekleidet in einem dunklen Anzug, als käme er gerade von einer Beerdigung, steuerte auf uns zu.

„Sie sind die Herrschaften von der Kripo? Seien Sie herzlich willkommen. Mein Name ist Dr. Miroslaw Kubicka. Ich bin hier der Leitende Ingenieur."
Ich stellte Leni und mich vor und kam sofort zur Sache.

„Sie haben unsere Mitteilungen bezüglich der Milchverunreinigungen in der Lebensmittelkette ‚Gutkauf' erhalten, davon gehe ich aus. Wie ist der jetzige Stand?" Ich wollte von Kubicka einfach hören, was von Seiten der Produktionsfirma unternommen wurde. Es kam schließlich auf jede Minute an.

„Ich habe persönlich heute Morgen bei Arbeitsbeginn sofort mit der Direktion von ‚Gutkauf' telefoniert. Mir wurde zugesichert, dass sofort damit begonnen würde, in den Filialen mit der Separierung der betreffenden Milchbehältnisse zu beginnen", berichtete der Ingenieur, der auf mich einen aufgeschlossenen und hilfsbereiten Eindruck machte. Nun konnte eigentlich kaum noch etwas schief laufen. Druck genug war jetzt eigentlich auf die Direktion von „Gutkauf" ausgeübt worden. Die Filialen wussten Bescheid, die Fernseh- und Radiosender müsste Kollege Emmerich inzwischen benachrichtigt haben. Eine Aufklärung der Bevölkerung war nun erste Priorität.

Während wir mit Kubicka den Bürotrakt durchschritten und er uns in sein Büro führte, konnte ich feststellen, dass ihm die Angelegenheit doch sehr nahe ging. Dachte er nun an die Menschen, die möglicherweise in Lebensgefahr schwebten oder hatte er Sorge um das Image seiner Firma? Oder deren Existenz?

Wir betraten das großräumige Büro, das ausgelegt war mit einem samtzarten Velourssteppichboden in dezentem Beige. Die Sonne, die durch die überdimensionalen Fenster in den Raum schien, brachte eine wohlige Wärme. Ich betrachtete die Fotos an den Fenstern der gegenüber liegenden Wand.

„Unsere Firmenchefs seit der Gründung", beantwortete Kubicka meine ungestellte Frage. "Milch ist mittlerweile weltweit ein gefragtes Lebensmittel. Zurzeit sind wir mit den Hunsrück-Milchwerken die Nummer drei in Deutschland und liegen europaweit unter den 20 größten Molkereien", erklärt uns Kubicka stolz, wie weit es die Firma gebracht hat.

„Inzwischen sind wir bei knapp 1,2 Milliarden Euro angekommen und peilen die Marke von zwei Milliarden Kilogramm Milch an. Damit wären wir bei den größten europäischen Milcherzeugern angekommen. Es gibt längst keine Milchseen und Butterberge mehr in der Europäischen Union. In Weilersberg rechnet man sich auf dem freien Weltmarkt zukünftig gute Chancen aus. Wir wollen bald schon bei 40 Prozent Exportanteil sein."

Kubicka beendete sein Referat und drückte auf einen Knopf an der Sprechanlage auf seinem Schreibtisch.

„Frau Krabbe, bringen Sie doch bitte drei Kaffee in mein Büro. Danke!" Und zu uns gewandt: „Wie geht es jetzt weiter?"

Bevor ich etwas antworten konnte, hatte Leni bereits die Initiative ergriffen.

„Also, die Frage ist doch: Wie kommt das Gift, ich nenne die Substanz einfach einmal so, in die Milch? Wir sehen da verschiedene Möglichkeiten. In einer dieser Theorien kommt, und dafür werden Sie sicherlich Verständnis haben, auch Ihre Firma vor."

„Wurden in letzter Zeit Arbeiter aus Ihrer Firma entlassen?", fragte ich Kubicka. „Haben Sie sich beispielsweise uneinig von einem Ihrer Angestellten getrennt? Hat irgendjemand einen Grund, Ihnen auf eine solche Art und Weise mitzuspielen?"

Kubicka griff zum Telefon, wählte eine zweistellige Nummer und gab eine knappe Anweisung.

„Bringen Sie bitte die Abgänge des vergangenen Jahres zu mir."

Es klopfte und eine junge attraktive Dame, es handelte sich um Frau Krabbe, brachte Kaffee. Sie schenkte lächelnd ein. „Milch?", fragte sie und sah zu uns herüber. Leni und ich schauten uns gegenseitig an. Ich schluckte. „Nein danke!", entfuhr es uns beiden wie aus einem Mund.

Kubicki hatte damit offensichtlich keine Probleme. Er nickte seiner Sekretärin zu und nahm einen kleinen Schuss Milch in seinen Kaffee.

Der Kaffee tat gut. Um diese Zeit hatte ich meist schon die dritte Tasse intus und den ganzen Tag über brachte ich es schon auf acht bis zehn Tassen. Eine kleine Sucht, pflegte Lisa dann zu sagen. Offenbar hatte sie Recht.

Der Kaffee schmeckte richtig gut und er tat wohl. Ich setzte die Tasse ab und sah Kubicka an, der seinen Kaffee mit der Milch aus dem eigenen Betrieb genüsslich schlürfte.

„Welche Möglichkeiten gäbe es in Ihrem Betrieb, um die Milch zu verunreinigen? Gibt es Kontrollen oder Untersuchungen des Produkts vor dem Versand?“

„Eine direkte Antwort von mir: Ich kann mir nicht vorstellen, dass es in unserem Betrieb passiert ist. Sehen Sie, nachdem die abgefüllte Milch in die Vorratshallen kommt, werden Stichproben entnommen, die in unserem betriebseigenen Labor untersucht werden. Das soll ausschließen, dass Verunreinigungen, wie sie in einer Fabrik durchaus vorkommen könnten, natürlich nicht sollten, entdeckt und ausgeschlossen werden. Das bedeutet: Bis zu dieser Kontrolle kann nichts manipuliert werden.“

„Und danach?“

„Nach dieser Kontrolle wäre es durchaus möglich, der Milch etwas hinzuzufügen. Aber das wäre ausschließlich durch ein Injektionsverfahren möglich, das eigentlich nur in der Lagerhalle durchgeführt werden kann. Aber bedenken Sie: Milch ist nur begrenzt haltbar. Durch die fremde Substanz und die zwangsläufige Luftzufuhr würde sie spätestens beim Verbraucher verdorben ankommen. Es sei denn, die Öffnung würde tatsächlich wieder luftdicht verschlossen. Das wäre aber zu viel Aufwand für den Täter, glauben Sie nicht auch?“

Ich sah Kubicka, ohne etwas zu sagen, nachdenklich an.

„Sie glauben doch nicht, dass in unserem Betrieb...? Das kann doch auch in den einzelnen Läden passiert sein.“

„Da haben Sie wohl Recht“, gab ich zu. Aber wir müssen es herausfinden. Dazu gehören auch die Ermittlungen in Ihrer Firma. Denn theoretisch kann auch hier die Substanz der Milch beigegeben worden sein. Das müssen Sie doch einsehen!“

Es klopfte und ein Mann in Jeans und blauem Oberhemd trat ein, eine dicke Aktenmappe unter dem Arm.

„Darf ich vorstellen, unser Personalleiter, Herr Wiebert. Die Herrschaften sind von der Kriminalpolizei. Herr Wiebert hat die Daten über alle Neuzugänge und Entlassungen innerhalb des vergangenen Jahres mitgebracht. Herr Wiebert, bitte!“

Wiebert, der auf mich den Eindruck eines Musterbeispiels von einem Buchhalter machte - ihm fehlten lediglich die Ellbogenschoner - las die Namen der einzelnen Personen langsam und bedächtig vor, teilte die Daten der Entlassungen und der Gründe für das Ausscheiden aus der Firma mit und beobachtete nach jedem Namen durch seine dicke Hornbrille unsere Reaktion. Genauer gesagt, die Reaktion von Dr. Miroslaw Kubicka. Der schüttelte immer wieder den Kopf, bis der Name Helmut Schäfers fiel.

„Warten Sie mal, Wiebert!“ Kubicka runzelte die Stirn, als ob er nachdächte. „Schäfers, Schäfers, das war doch der, den wir vor einem Dreivierteljahr wegen Unzuverlässigkeit entlassen mussten. Mit Unzuverlässigkeit meine ich, dass er seine Arbeit an der Bandmaschine nicht zuverlässig ausgeführt hat.“

„Ja, er hat mehrfach das Band verlassen, um sich mit Kollegen zu unterhalten, die sich ihrerseits wiederum gestört fühlten. Wir hatten ihn wegen dieser Vorfälle mehrfach ermahnt und schließlich hatten wir keine andere Wahl mehr. Sie sehen ja selbst, wohin das führen kann, wenn man die Sorgfalt schleifen lässt."

„Glauben Sie, diese Entlassung war für ihn Grund, sich zu rächen? Wie sehen seine Familienverhältnisse aus? Kennen Sie seine Schwächen? Trinkt er? Hat er Schulden?", fragte ich.

„Aus der Akte geht hervor, dass er geschieden wurde. Sein derzeitiger Familienstand ist uns nicht bekannt. Und was die Frage bezüglich einer Rache betrifft: Ich weiß es nicht. Gedroht hat er uns damals nicht. Ich erinnere mich, dass er sagte: ‚Ihr werdet schon sehen, was ihr davon habt'. Aber das kann vieles bedeuten."

„Darf ich um die Anschrift von diesem Schäfers bitten?", warf ich ein. „Wir werden uns um den Mann kümmern."

„Schäfers wohnt in ... warten Sie mal." Wiebert blätterte in den Akten. „Da ist es schon. Also, Helmut Schäfers, 42 Jahre alt, geschieden, wohnhaft in Weilersberg, Morbacher Straße 33. Ich erinnere mich, er wohnt in einem kleinen Haus, eher eine Art Hütte, eine Behausung, wie man so sagt."

„Dann wollen wir mal", sagte ich.

Doch dann geschah etwas, das die Überprüfung von Schäfers noch einige Zeit hinten anstellen ließ. Ein Vorfall, der auf den ersten Blick keinen Zusammenhang mit der Verunreinigung der Milchprodukte erkennen ließ. Doch in dieser Hinsicht sollten wir uns gewaltig täuschen.

4. Kapitel

„Papa, warum fährt unser Auto nicht schneller? Du musst mal ein neues kaufen!“ Josef Edinger muss lachen und seine Frau Klara stimmt sofort mit ein. Das, was Töchterchen Emilie mit ihren gerade mal vier Jahren da eben sagt, ist schon lange das Thema in der häuslichen Gemeinschaft der Edingers. Aber woher nehmen, wenn nicht stehlen? Die Aussichten auf einen neuen Job des derzeit arbeitslosen Vaters sind mehr als bescheiden.

Mit achtundvierzig Jahren steht der Familienvater noch fest in der Blüte seines Lebens, glaubt er. Doch die potenziellen Arbeitgeber sehen das anders. Seit über einem Jahr bringt der gelernte Kraftfahrzeugmechaniker seine Bewerbungsbögen zur Post, läuft sich die Absätze zum Arbeitsamt schief. „Sie sind nun mal nicht mehr der Jüngste“, heißt es da. „Aber wir versuchen es weiter. Man soll die Hoffnung nicht aufgeben.“

Edinger gibt die Hoffnung nicht auf. Er versucht es immer und immer wieder, bekommt eine Absage nach der anderen. „Ich muss eine Arbeit finden“, denkt er. „Ich muss, ehe ich Arbeitslosengeld Zwei-Empfänger werde. Hartz IV und ein Ein Euro-Job! Dafür habe ich mein Leben gearbeitet, habe meiner Familie einen gut bürgerlichen Wohlstand geboten. Das wäre mit einem Schlag vorbei. Gerade mal so viel Arbeitslosengeld, dass er mit meiner Frau und den beiden Kindern existieren kann, hätte ich dann zur Verfügung.“

Wer kann ihm verdenken, dass er mit einem Kumpel anderer Leute Autos repariert. Kumpel Erwin hat die Gerätschaften, er bringt das Wissen mit. Damit ist schon mancher Euro zu verdienen. Doch das Risiko ist groß. Wenn ich erwischt werde, dann ist die Kacke so richtig am Dampfen, denkt er.

Ein neues Auto ist nicht so wichtig, vor allem, wenn man das alte immer wieder selbst reparieren kann.

„Ich muss Pipi“, quengelt Töchterchen Emilie auf dem Rücksitz und ruft Josef Edinger aus einem Gedankenausflug in die Gegenwart zurück.

Edinger schaut sich um. Vor ihm schlängelt sich die schmale Straße in Richtung Neumagen-Dhron in Richtung des Stausees Talbrück.

„Halte noch zwei Minuten durch, dann sind wir da“, versucht er seine Tochter zu beruhigen und tritt automatisch etwas stärker auf das Gaspedal. Und dann liegt sie auch schon vor ihm, die Talsperre, deren Turbinen die Region mit Strom versorgen.

Josef Edinger biegt auf den Parkplatz ab, der eigens für Besucher eingerichtet worden ist. Klein-Emilie wartet nicht erst auf eine Aufforderung, sondern hüpft aus dem Wagen in die Büsche.

Vor der Familie breitet sich der See aus, ruhig und idyllisch. Sie sind die einzigen, die sich heute für diesen Anblick interessieren Nun, da es auf den Winter zugeht, sieht man höchstens mal einen Jogger oder ein Nordic-Walking-Team, das schnellen Schrittes an der Anlage vorüberzieht.

Als Klein-Emilie zurückkommt, flaniert die Familie über den für Besucher angelegten Steg über dem Einlauf des kleinen Flusses.

„Es ist schön hier“, flüstert Ehefrau Klara und hält ihre Tochter fest an der Hand. Das Wasser beunruhigt sie doch etwas und als es das Kind zum Geländer drängt, zieht sie es sofort zurück.

Sie gehen über den Steg zur anderen Seite des Sees und finden einen Pfad, der sie zum Ufer führt. Ein kleiner quer liegender Baumstamm dient ihnen als Sitzgelegenheit. Dann genießen sie die Idylle und Emilie beginnt, flache Steine über den See zu werfen und sich daran zu erfreuen, dass sie mehrfach auf der Wasseroberfläche aufspringen und nach einem guten Stück im Wasser versinken. Langsam zeigt sich die Abendsonne und breitet ihr warmes rotes Licht über den See aus und ein kleiner Fisch, der nach einer Fliege springt und auf dem Wasser rot-bläuliche Kreise hinterlässt, zieht die Blicke der staunenden Betrachter auf sich.

Doch da ist etwas, was offensichtlich nicht hierher gehört. Etwa zehn Meter vom Ufer entfernt bewegt sich etwas an der Wasseroberfläche. Josef Edinger scheint es als einziger entdeckt zu haben. Ehefrau Klara hält Klein-Emilie im Arm, die verzückt den Sonnenuntergang mitverfolgt.

Josef Edinger schaut genauer auf die Wasseroberfläche und auf einmal ist ihm klar, was dort schwimmt. Das ist ein Haarbüschel, denkt er bei sich und beobachtet die Erscheinung genauer. Ja, es ist ein Haarbüschel, doch er wird nicht von der leichten Strömung ans Ufer getrieben, sondern dreht sich seltsamerweise auf der Stelle, als habe man ihn festgebunden.

Das ist nicht nur ein Haarbüschel, denkt Edinger. Das ist ein Toter. Ein Selbstmörder offensichtlich, der sich im wirren Gestrüpp unter Wasser verfangen hat.

Gott sei Dank haben Emilie und Ehefrau Klärchen noch nichts mitbekommen. Edinger steht auf und wendet sich an seine Frau.

„Komm, Klärchen, wir müssen weiter. Achte du auf Emilie, dass sie auf dem Weg bleibt und nicht ins Wasser rutscht!“

Die Sonne hat sich gerade in diesem Moment zur Ruhe begeben und so gibt es keine Widerrede bei der Tochter, die ihrer Mutter artig zum Auto folgt.

„Ich komme gleich nach!", ruft Edinger seiner Frau zu. „Ich muss noch mal kurz in die Büsche.“ Dann ist seine Familie hinter den Bäumen verschwunden und er eilt zurück zum Wasser, begibt sich so nahe wie möglich zu dem entdeckten Haarschopf und sieht seinen Verdacht bestätigt. Mit den leichten Wellen des Stausees wird ab und zu auch der untere Teil des Haaransatzes sichtbar. Es handelt sich um eine menschliche Stirn.

Mit zittrigen Händen fischte Edinger sein Handy aus der Hosentasche und wählt die Einhundertzehn.

Als sich die Polizeidienststelle meldet, nennt er seinen Namen und sagt mit aufgeregt zittriger Stimme: „Kommen Sie zum Stausee Talbrück. Ich habe einen Toten gefunden!“

5. Kapitel

Wenn irgendwo in den Gefilden des Hunsrücks eine Wasserleiche gefunden wird, dann handelt es sich in fast allen Fällen um Selbstmord. Es ist schon kurios, aber wenn jemand, der am Wasser lebt, sich das Leben nehmen will, dann wählt er meist auch das Wasser. Wasser zieht an, heißt es im Volksmund und allzu oft hatte sich dieses Sprichwort in der Vergangenheit bewahrheitet.

Polizeihauptmeister Franz Schettler von der Polizeiwache Weilersberg will gerade Feierabend machen. Auf seiner Dienststelle gibt es nur den Tagesdienst und der beginnt um acht Uhr morgens und endet im Normalfall um siebzehn Uhr. Aber da ist ja auch noch die gleitende Arbeitszeit, die es erlaubt, eine Stunde später zu kommen und dafür eine Stunde länger im Büro zu bleiben.

So ein Tag ist heute. Schettler schaut auf die Uhr. Es ist sogar schon einige Minuten nach achtzehn Uhr. Das war lange genug für heute. Sein Kollege ist schon vor einer Stunde nach Hause gegangen, er selbst hat die letzte Stunde nur abgesessen. Passiert war nichts mehr. Nicht einmal ein Anruf. Schettler klappt seine Aktentasche zu. Auf dem Weg zur Arbeit sind darin seine Frühstücksbrote und während des Dienstes seine Akten. Jetzt ist sie leer und auffangbereit für die Stullen am nächsten Morgen.

Schettler schließt seinen Schreibtisch ab. Darin bewahrt er seine Pistole auf. Es ist nicht erlaubt. Eigentlich hätte er sie in den Stahlschrank einschließen müssen. „Was soll's?", denkt er, nimmt seine Tasche und will gerade seine Mütze aufsetzen, als das Telefon der Feierabendstimmung aufdringlich Einhalt gebietet.

Schettler schaut zum Telefon, schaut zur Tür und dann nochmals zum Telefon. Dann entschließt er sich mit einem Seufzer für das Telefon.

„Polizeiwache Weilersberg, Hauptmeister Schettler", meldet er sich und hört, was die Stimme am anderen Ende der Leitung ihm zu sagen hat.

„Sind Sie sicher?", fragt er aufgeregt und macht sich einige Notizen auf seinem Block, den er schon fein säuberlich für den kommenden Morgen parat gelegt hat.

„So eine verdammte Scheiße!", entfährt es Schettler lautstark. „Fünf Minuten früher und ich hätte meine Ruhe gehabt." Doch dann findet er sich mit der Situation ab und wählt die Nummer seiner vorgesetzten Dienststelle in Trier. Schettler weiß: Es ist sinnlos, irgendeine Polizeiinspektion in seinem Zuständigkeitsbereich zu benachrichtigen. Soviel weiß er. Wenn eine Leiche in seinem Distrikt aufgefunden wird und zudem auch noch ein Fremdverschulden nicht ausgeschlossen werden kann, dann gibt es nur eines. Die Mordkommission in Trier verständigen. Damit kann er keinen Fehler begehen, damit liegt er immer richtig.

6. Kapitel

„Spürmann, was ist denn da bei Ihnen los? Erst ein Toter durch eine Lebensmittelvergiftung und jetzt noch ein Toter im Stausee Talbrück. Aber davon wissen Sie ja noch nichts! Sie sind doch da oben in der Gegend. Es steht noch nicht fest, ob es ein Suizid ist oder ob Fremdverschulden vorliegt. Übernehmen Sie den Fall. Vielleicht spielt er ja in Ihre Ermittlungen hinein. Wenn nicht, schicke ich Ihnen noch heute Abend jemand vorbei, der sich um die Sache kümmert. Sie melden sich auf jeden Fall im Laufe des Abends bei mir. Ist das klar?"

„Ja, Chef, das ist klar. Doch ich muss mir erst selbst mal ein Bild machen. Wenn der Tote in meine, ich meine in unsere Ermittlungen hineinspielt, dann wird es morgen hier in Idar-Oberstein richtig rundgehen. Aber ich sehe bislang keinen Zusammenhang. Ich melde mich."

„Wie weit sind Sie denn nun mit Ihren Ermittlungen? Die Presse sitzt mir im Nacken und Staatsanwalt Rödel nervt bereits und will Erfolge, Sie kennen ihn ja. Verdammt, die will ich in absehbarer Zeit aber auch sehen. Es kann doch nicht wahr sein, dass es bei der ganzen Ermittlungsarbeit keinerlei Anhaltspunkte, geschweige denn Beweise gibt!"

Willibald Wittenstein wirkte außerordentlich ungeduldig. Es gab zwar noch keinen Grund dafür, aber er verlor sich in Vorwürfe, wie er es eigentlich immer tat. Und wie immer ließ ich ihn gewähren und hielt den Hörer ein gutes Stück von meinem Tinnitus gequälten Ohr entfernt. Doch wenn Wittenstein tobte, das wussten wir alle, war bald wieder Ruhe im Karton. Diese kleine Schwäche gönnten wir ihm alle, denn er kam schnell hinter seine eigene Luft, wie man auf dem Lande sagt. Will heißen, beim Reden verausgabte sich Wittenstein meist so sehr, dass er sich keine Zeit zum Luft holen einräumte. Den Rest besorgte seine Allergie, deren Ursache einfach nicht gefunden werden konnte. Die letzten Worte seines Satzes verebbten so immer mehr in einem knirschenden See des Schweigens, gefolgt von hektischen Atemzügen, die ihm die verausgabte Kraft langsam wieder zurückgaben.

Aber Wittenstein war schon in Ordnung. In seiner Position - er war immerhin der Leiter aller Kriminalinspektionen zusammen und somit Chef der Kriminaldirektion, wie sich seine Funktion in der Hierarchie genau bezeichnete - hatte er oftmals schon massivem Druck von außen Stand halten müssen.

Da war die Staatsanwaltschaft, die übergeordnete Behörde der Polizei und damit weisungsbefugt, da war die Presse, die, wenn es ihr passte, auch einmal das schrieb, was nicht unbedingt in den Wahrheitsrahmen passte und da war natürlich auch sein Vorgesetzter, der Polizeipräsident, der wiederum seinem Chef dem Innenminister Rechenschaft ablegen musste. So pflanzte sich der Druck von oben nach unten fort, bis er das kleinste Rad im Getriebe erreicht hatte. Das war momentan meine Wenigkeit, denn ich war der Ermittler in diesem Fall, oder, wie man im Beamtendeutsch zu sagen pflegt, der Sachbearbeiter.

Ich setzte Wittenstein über die bisherigen Ermittlungen in Kenntnis und erzählte ihm alles bis in die Einzelheiten, die eigentlich keine waren. Bisher umgab mich nur ein grobes Geflecht von Tat und Opfer. Nicht die Spur eines Verdachts, nicht einmal die einer Vermutung.

Ich versprach Wittenstein, mich sofort wieder zu melden, wenn es etwas Aussagekräftiges gäbe.

„Na, denn man los!“, waren seine letzten Worte, bevor er auflegte.

Von Idar-Oberstein bis Talbrück waren es an die vierzig Kilometer. Leni und ich waren sofort nach Wittensteins Anruf losgefahren. Den Toten hatte man vor einer Stunde aufgefunden, dreißig Minuten würden wir noch brauchen, um vor Ort zu sein. Falls mein alter Astra durchhalten sollte. Der TÜV hatte ihm kürzlich nach einem Werkstattaufenthalt auf „Intensiv“ noch einmal die Absolution für zwei Jahre erteilt, aber dennoch ächzte er in den Kurven und am Berg, dass es mir nur durch gutes Zureden gelang, ihn am Laufen zu halten. Glaubte ich jedenfalls. Wie einem doch so ein Stück Metall ans Herz wachsen kann!

„Sag mal, hast Du Lisa eigentlich angerufen, seit wir hier sind?“, fragte mich Leni plötzlich. Die Frage hatte etwas Scheinheiliges.

„Ja, du lieber Gott, wann hätte ich das denn tun sollen? Bisher war doch ständig Stress. Ich hatte es mir eigentlich für heute Abend vorgenommen. Meinst du, sie ist sauer? Wir sind doch erst zwei Tage hier.“

Leni lächelte verschmitzt.

„Mach dir mal keine Sorgen. Während du mit Wittenstein telefoniert hast, habe ich mit ihr gesprochen. Lisa hat mich auf dem Handy angerufen, weil deines offensichtlich ausgeschaltet war.“

„Ja, und?“

„Nichts. Viele Grüße und du sollst sie anrufen, sobald du Zeit hast.“

Da hatten sich zwei gesucht und gefunden. Bei unserem letzten Fall in Forstenau hatte sich Leni in unserem Haus einquartiert, um nicht jeden Tag nach Feierabend die weite Strecke nach Trier zu ihrer Wohnung fahren zu müssen. In den Tagen darauf hatten sich die beiden sehr gut verstanden und sich sogar angefreundet. Ich versprach Lisa in Gedanken, mich sofort bei ihr zu melden, wenn die Arbeit getan war.

Wir waren das größte Stück der Fahrt auf der Bundesstraße gefahren, die endete nun in eine Landstraße. Wir ließen Weilersberg mit seinen „Hunsrück-Milchwerken“ rechts liegen und fuhren ins Tal in Richtung Talbrück.

„Wetterleuchten ist das nicht.“ Leni sah krampfhaft nach vorne durch die Frontscheibe.
Aus der Ferne blinkte es uns schon in blauen und gelben Farben entgegen. Die Kollegen von der Polizeiinspektion und sicherlich die Feuerwehr warteten bereits auf uns.

„Da sind Sie ja“, wurden wir beide von einem Mann, Mitte fünfzig, in Zivil, begrüßt. „Ich bin Hauptkommissar Friedel Schrammer von der Kriminalinspektion Bernkastel-Wittlich. Ihr habt bisher nichts verpasst. Die Feuerwehr ist gerade eben eingetroffen und dabei die Leiche zu bergen. Wollen wir?“

Schrammer drehte sich um und ging voraus. Ich sah Leni von der Seite an. Doch die kümmerte sich nicht um mich, sondern steuerte mit schneller werdenden Schritten den Tatort an. Offensichtlich hatte sie das Jagdfieber gepackt. Diesen Ausdruck kannte ich inzwischen bei ihr. Ich musste meine Schritte vergrößern, um mitzuhalten.

Rund um den Stausee war inzwischen einiges los. Gaffer hatten sich eingefunden und die Kollegen der Schutzpolizei hatten alle Hände voll damit zu tun, den Tatortbereich freizuhalten. Auf der Straße oberhalb des Sees hupten Autos. Offensichtlich parkten diese vorwitzigen Menschen dort ihre Autos auch so rücksichtslos, wie sie sich hier unten verhielten.

Leni und ich suchten uns den Weg durch die Menge, immer dem Kollegen Schrammer nach. Dann endlich kamen wir in den Bereich, der nur der Polizei und ihren Ermittlungen gehörte. Zwei Feuerwehrleute hatten ein kleines Boot zu Wasser gelassen und waren dabei, eine Leiche an Bord zu hieven. Die Situation war schon makaber, denn so, wie sich die beiden Feuerwehrmänner anstellten, mutete sie doch schon etwas melodramatisch an.

Die beiden Männer auf ihrem Boot zerrten und zerrten, doch die Leiche ließ sich weder an Bord bringen, noch ließ sie sich in Richtung Ufer ziehen. Offensichtlich hatte einer der Männer die Situation nun gecheckt.

„Es ist ein Mann! Aber er steht im Wasser und rührt sich nicht vom Fleck! Ich glaube, er hat sich am Boden im Gestrüpp verhakt. Wir brauchen einen Taucher zum Lösen!“

Am Ufer hatte man verstanden, worum es ging und ein Feuerwehrmann zog seine Oberbekleidung aus und zwängte sich in einen Neoprenanzug. Seiner Mimik konnte man entnehmen, dass er auf einen solchen Einsatz gerne verzichten würde. Feuerwehrleute wissen, was in einem solchen Moment auf sie zukommt. In unmittelbarer Nähe einer Wasserleiche zu arbeiten, von der man nicht weiß, wie lange sie schon im Wasser treibt und wie weit der Auflösungsprozess schon gediehen ist, darum reißt sich keiner.

So zog der Taucher die Kappe seines wasserdichten Anzugs so weit es ging, über den Kopf, streifte sich die Taucherhandschuhe über, deren Sitz er genauestens überprüfte. Seine Kollegen halfen ihm, die Atemluftflaschen wie einen Rucksack zu schultern. Das Mundstück fest in den Mund gedrückt und die Taucherbrille auf Dichtheit überprüft, ließ sich der Mann ins Wasser gleiten und schwamm langsam auf das Boot und seinen obskuren Auftrag zu. Am Boot wechselte er einige Worte mit seinen Kameraden und tauchte dann ab. Nach kurzer Zeit kam er wieder an die Wasseroberfläche und schüttelte den Kopf. Er sagte etwas zu seinen Kollegen und kam zurück zum Ufer geschwommen.

„Sie werden es nicht glauben“, sagte er atemlos. „Aber die Leiche steht kerzengerade im Wasser. Die Gase, sie verstehen.“

„Warum haben sie die Leiche nicht mit hierher gezogen oder ihren Kollegen überlassen? Sie haben sie doch vom Gestrüpp befreien können?“ Schrammer wirkte ungeduldig.

„Da ist kein Gestrüpp. Das, was den Mann am Grund festhält, sieht jedenfalls nicht danach aus. Ich würde da eher auf einen Betonklotz tippen, so an die hundert Kilo.“

Schrammer und ich sahen uns an und Leni stieß einen spitzen Schrei aus und presste die Hand vor den Mund. „Dann wünsche ich frohes Bergen“, entfuhr es mir und der Taucher sah mich von unten herauf an, als wolle er mir an die Gurgel.

„Schon gut, schon gut“, beschwichtigte ich. „Aber Sie kommen mit Ihren Leuten nicht drum herum. Wohin soll die Leiche anschließend gebracht werden?“ Ich sah Schrammer fragend an.

„Ich schlage vor, dass die Feuerwehrleute den Betonklotz, so weit es geht, entfernen, Das Werkzeug dafür haben sie ja. Die Leiche kann dann vorerst in die Leichenhalle nach Weilersberg gebracht werden. Ich glaube nicht, dass sie dort jemand stehlen wird. Zudem wird alles gut verschlossen werden. Morgen wird sie dann nach Idar-Oberstein überführt werden, in die Räumlichkeiten des dortigen Krankenhauses.“

Ich nickte und sah Schrammer an.

„Sie kennen sich hier aus. Würden Sie einen Leichenwagen beauftragen, mit Zinksarg und so? Heute richten wir kaum noch etwas hier aus. Deshalb würde ich vorschlagen, dass wir uns morgen früh in der Leichenhalle treffen. Wären Sie damit einverstanden?“

Schrammer nickte. „Ja, es ist jetzt schon dunkel. An Ort und Stelle richten wir nichts mehr aus. Die Kollegen von der Schutzpolizei werden so lange hier bleiben, bis die Bergungsarbeiten beendet sind. Ich werde den Arzt ebenfalls für morgen früh bestellen. Sagen wir, so um Neun?"

„Um Neun!"

„Darf ich dabei sein?", tönte es hinter mir und die Stimme kam mir erschreckend bekannt vor.

„Steiner, nicht Sie schon wieder!" Der Pressemann stand tatsächlich neben uns und lächelte mich an. Seine dunkelblaue Baseball-Kappe war natürlich auch wieder dabei. Sie schien angewachsen. Vermutlich ging er damit auch zu Bett.

„Jetzt seien Sie aber mal ehrlich!", quoll es aus seinem unschuldig anmutenden Gesicht. „Wenn ich eine solche Gelegenheit verpassen würde, hätte ich doch den falschen Beruf gewählt. Wissen Sie schon, wer der Tote da im Wasser ist? Wer hat ihn umgebracht? Es war doch Mord, oder?"

Ich musste Steiner loswerden, sonst schrieb er noch irgendwelche Dinge, die mir aufstoßen könnten.

„Schreiben Sie einfach das, was Sie hier sehen und lassen Sie um Himmels Willen Vermutungen oder Ahnungen weg. Die Polizei tappt noch im Dunkeln, das können Sie ausnahmsweise mal schreiben. Zu diesem Zeitpunkt ist diese Aussage für uns nicht schädlich."

„Aber unsere Leser!"

„Ihre Leser werden schon alles erfahren. Rufen Sie mich in den nächsten Tagen an. Wenn ich etwas Neues weiß und es vertreten kann, werde ich es Sie wissen lassen."

„Heiner, wir dürfen Schäfers nicht vergessen", sagte Leni, als wir zum Auto gingen. Helmut Schäfers. Du weißt, der ehemalige Mitarbeiter der

‚Hunsrück-Milchwerke'. Ich glaube, morgen früh können wir uns Marschverpflegung einpacken."

Ja, richtig, Schäfers. Dessen Wohnung mussten wir unbedingt aufsuchen, ihn befragen, gegebenenfalls vernehmen, im Zweifelsfall festnehmen. Langsam wurde die Sache stressig. Morgen würde es volles Programm geben. Erstens: die Leichenbesichtigung der Wasserleiche mit Schrammer und dem Arzt. Zweitens: die Ermittlungen bei Schäfers und drittens stand die Betriebsbesichtigung der „Hunsrück-Milchwerke" noch aus.

„Auf, Leni, zurück ins Hotel, damit wir noch einige Stunden Schlaf bekommen!"

7. Kapitel

Auf der Dienststelle in Idar-Oberstein wurden wir am nächsten Morgen sofort von Werner Emmerich empfangen, der schon von weitem durch Achselzucken gebärdend mitteilte, dass wir überhaupt keinen Schritt weiter waren.

„Ich habe gestern noch mit Radtke gesprochen. Er hat uns nicht weiter geholfen. Ich glaube ihm, der weiß absolut nichts. Hat noch Glück gehabt, das arme Schwein, dass er nicht selbst die Milch getrunken hat. Ich habe ihm noch ein Frühstück bringen lassen aber nun, glaube ich, sollten wir ihn laufen lassen."

„Einverstanden", stimmte ich ihm zu. „Aber er soll hinterlassen, wo wir ihn finden können. Oder besser noch: Er soll sich jeden Tag zu einer bestimmten Zeit auf der Dienststelle melden. Ich habe das Gefühl, das wäre auch für ihn das Beste."

Emmerich wollte sich schon auf die Socken machen, als ich ihn zurück bat. Ich erzählte ihm von der Möglichkeit eines Verdachtes gegen Helmut Schäfers aus Weilersberg. „Können Sie die Überprüfung durch Ihre Kollegen von hier aus veranlassen. Wir beide kommen heute beim besten Willen nicht dazu.“ Ich setzte ihn von unseren heutigen Plänen in Kenntnis.

„Ich werde mich darum kümmern. Übrigens: Ich heiße Werner“. Emmerich hielt mir seine Hand hin, die ich ergriff und drückte. „Ich bin Heiner. Danke für die hervorragende Unterstützung!“

„Und ich bin Leni!“, hörte ich meine Kollegin neben mir und sah, wie sie Emmerich ihre Hand entgegen streckte.

„Und ich bin Susi!“, tönte es hinter uns und wie auf Kommando drehten wir uns um. Eine junge Lady, schlank, auffallend klein, wahrscheinlich die Mindestgröße für Polizeibeamtinnen, in dunkelblauer Jeans und einer kurzen Lederjacke mit hohem Kragen, besetzt mit silberfarbenen Nieten, stand vor uns.

„Ich gehöre doch dazu, oder?“

„Ich darf vorstellen: ‚Susi Quatro‘, mit richtigem Namen Susanne Quarto“, informierte uns Emmerich über die Erscheinung in Leder.

„Dann wäre das Team ja wohl komplett.“

Mir fiel ein Stein vom Herzen. Das waren die besten Voraussetzungen für erfolgreiche Ermittlungen. Der harte Kern mit vier Personen besetzt und in der Hinterhand die Kolleginnen und Kollegen von Emmerich, die nur auf seine Anweisungen zu hören hatten, wenn es erforderlich würde.

„So, Leni, jetzt geht es mir besser. Auf zur Obduktion von Martin Scharlow ins Klinikum. Bin froh, dass sich die Obduzenten für Idar-Oberstein entschieden haben. Normalerweise finden ja die Leichenöffnungen in Trier statt. Aber daran sieht man wieder, wie sich auch die Kleinstädte im Hunsrück mausern. Wir haben noch eine Stunde. Lust auf ein Käffchen?“

Und ob Leni Lust hatte, Wir suchten uns ein Bistro in der Nähe der Dr. Otmar Kohler-Straße, denn hier steht auch das Klinikum der Stadt. So konnten wir uns Zeit lassen und den Kaffee genießen.

Während ich an meinem Kaffee nippte, rührte Leni gedankenverloren in ihrer Tasse. Ich sah ihr dabei zu. Irgendetwas bedrückte sie. In den letzten Tagen hatte sie nicht so viel gesprochen, wie ich es von ihr gewohnt war. Auch ihre Lockerheit, ihre Sprüche, Ihr Dialekt, all das ließ sie vermissen. Doch ich wollte mich nicht aufdrängen. Wenn sie glaubte, mir etwas sagen zu müssen, würde sie es irgendwann tun.

„Hey, Leni", versuchte ich ein lockeres Thema in Schwung zu bringen. „Was hältst du davon, wenn wir uns heute Abend gemeinsam im Hotel an der Bar eine Flasche Rotwein gönnen und all das hier für ein paar Stunden vergessen?"

„Dat mache mer", ließ Leni ihrem Adenauer-Dialekt wieder einmal freien Lauf und lächelte, und ich hatte den Eindruck, dass die Welt für sie doch in Ordnung war.

Im Klinikum machten wir uns auf die Suche nach der Leichenhalle und dem Sezierraum. Der Pförtner beschrieb uns den Weg und nachdem wir uns ein paar Mal verlaufen hatten, erbarmte sich ein Pfleger und begleitete uns zu einem Trakt, der für den Normalbesucher gesperrt war. „Zutritt verboten" stand da in großen Lettern und wir marschierten durch die milchgläserne Doppeltür.

Am Ende des Ganges hörten wir Stimmen und gingen darauf zu. Es war tatsächlich der Sezierraum und ich traute meinen Augen kaum. Hier machten sich gerade zwei alte Bekannte bereit, ihr grausiges Werk zu verrichten, Pathologe Dr. Theodor Schneider und sein Gehilfe Wladimir Kornsack.

„Hallo, die Herrschaften, so sieht man sich wieder", grüßte Schneider, und Kornsack, der sich an Messern, Skalpells und sonstigen Utensilien zu schaffen machte, sah uns von der Seite an und nickte zum Gruße. Er hatte sich nicht verändert. Sein rechtes Augenlid hatte große Probleme, offen zu bleiben und klappte ständig nach unten. Kornsack schien keinerlei Gewalt darüber zu haben und je aufgeregter er war, desto mehr trat dieses Augenlid in Aktion.

Leni hatte sich beim ersten Treffen noch errötend weggedreht, da sie eine Anzüglichkeit in dem ständigen Augenzwinkern vermutete. Inzwischen legte sich nur noch ein fast unmerkliches Schmunzeln um ihre Lippen.

Auf dem Seziertisch lag bereits die Leiche von Martin Scharlow, nackt, wie Gott ihn geschaffen hatte. Das Leben, das er in den vergangenen Jahren geführt hatte, sah man seinem Körper an. Mager, fleckig, an vielen Stellen mit Schorf behaftet, eine Folge der mangelnden Hygiene.

Scharlow war erst Fünfundfünfzig. Doch sein Körper sah aus, als ginge er auf die Siebzig zu. Was mochte dieser Mensch in seinem Leben schon alles durchgemacht haben? Als Landstreicher kommt man nicht zur Welt. Meist verbarg sich hinter diesen unbekannten Personen eine geordnete Vergangenheit. Ich war gespannt auf die Ergebnisse der Ermittlungen zu seiner Person. Die Identität war zwar festgestellt, aber man suchte immer noch nach Angehörigen und die Kontaktaufnahme zu den zuständigen Dienststellen lief immer noch.

Die Obduktion erfolgte, wie immer, nach einem routinierten Schema, an das man sich als Betrachter oder Beiwohner der Szenerie mit der Zeit immer mehr gewöhnte. Am Schlimmsten ist das erste Mal.

Ich erinnere mich, dass ich nach meiner ersten Anwesenheit bei einer Sektion, und es war nicht einmal eine von der Art, die einem Mund und Nase verschlossen, über eine Woche lang kein Fleisch auf dem Mittagstisch mehr sehen konnte, geschweige denn welches zu mir nehmen.

Dabei ist es nicht der Anblick des Toten, es ist vielmehr die routinierte und deshalb kaltschnäuzige Arbeit der Obduzenten am Körper desselben. Der sich beim Öffnen der Leiche verbreitende Geruch, wenn er auch oftmals nur geringe Verwesungsmerkmale mit sich bringt, bewirkt ein Zurückweichen auf Distanz.

Durch Mark und Bein geht der in einer extrem hohen Frequenz verlaufende Sägeschnitt, der die Schädeldecke vom restlichen Kopf trennt. Das Entnehmen der Organe, ihr Lösen vom Körper und das Zerschneiden in Streifen, um Proben für das Labor vorzubereiten, lässt den Anwesenden über das eigene Leben, über seine eigene Person nachdenken und ihn Vorsätze fassen, die er außerhalb der Institution bereits wieder vergessen haben wird.

Bis ins Unerträgliche aber sind Obduktionen an Leichen, deren Tod längere Zeit zurückliegt. Insbesondere Wasserleichen, deren Auffinden oftmals erst nach vielen Wochen erfolgt, verbreiten immer noch den impertinenten Verwesungsgeruch des körpereigenen Eiweißes, der nach Verlassen der Wassertiefen verstärkt einsetzt.

Eine solche Obduktion hatten wir ja noch vor uns. Der Tote im Stausee Talbrück, der inzwischen von den Kollegen unter Leitung des Kollegen Werner Emmerich geborgen worden und dessen Leiche nun sichergestellt war, würde in dieser Woche wahrscheinlich auf demselben Seziertisch liegen wie Scharlow, doch die Situation für die Anwesenden würde eine völlig andere sein.

Doch es gibt noch eine Steigerung in der Skala der Wertungen von Obduktionen und dabei ist dies die Traurigste. Die Zahl der Kindesmisshandlungen steigt kontinuierlich und mit ihr auch die Zahl der resultierenden Todesfälle.

Aber auch im Straßenverkehr, bei Wohnungsbränden und in vielen anderen Bereichen sind Kinder die Leidtragenden. Ein solches kleines Wesen auf dem Seziertisch lässt in fast allen Fällen die Beteiligten mit den Tränen kämpfen und es ist ein Ereignis, das man Wochen lang in sich nachträgt.

Ein Stoß in die Rippen riss mich aus meinen Gedanken. Es war Leni.

„Sag, Heiner, schläfst du? Es geht los!"

Es ging los wie bei jeder Obduktion. Abheben der Schädeldecke, Entfernen des Gehirns, um dasselbe in Streifen zu schneiden, Öffnen des Brustraumes, Lösen der Organe und Entnahme der entsprechenden Proben für das Labor. Leni traute sich heute in die Nahdistanz und fotografierte, was das Zeug hielt. Ab und zu, wenn sie sich zu nahe an die aufgeschnittene Leiche traute, hatte ich den Eindruck, sie liefe gegen eine Wand, die sie ein paar Zentimeter zurückwarf. Aber sie hielt sich tapfer, das musste ich eingestehen. Leni war in allen Belangen eine vollwertige Kollegin geworden.

Das Wichtigste bei dieser Sezierung war aus der Sicht unseres Falles der Mageninhalt von Scharlow.

Schneider zog einen Längsschnitt durch das Organ und betrachtete im Blitzlichtgewitter von Lenis Fotokamera dessen Inhalt und winkte mich schließlich heran.

„Kein Zweifel, die Todesursache ist ausschließlich auf ein Gift zurückzuführen", begann Schneider zu referieren. „Sehen Sie, der Mageninhalt, der fast nur aus Flüssigkeit besteht, ist dunkelbraun gefärbt. Dann die Gelbfärbung der Haut, die Sie sicherlich schon bemerkt haben und die Antrocknung der inneren Organe."

Schneider strich über Leber, Niere, Milz, besah sich Lunge und Bronchien und wandte sich zu mir.

„Der Mann ist innerlich erstickt. Doch seien Sie beruhigt, er hat nicht gelitten. Die Dosis ist offenbar so hoch, dass der Tod sofort eintrat."

Schneider nahm die erforderlichen Proben von den Organen der Leiche, schöpfte einen Teil des Mageninhalts in ein Glas, verschraubte alle Behältnisse und nickte seinem Gehilfen Kornsack zu, der sich sofort daran gab, die Leiche wieder in ihren Urzustand, so weit das noch möglich war, zu versetzen.

„Der Obduktionsbericht wird Ihnen zugehen, wenn die Untersuchungen abgeschlossen sind", sagte Schneider und wusch sich derweil die Hände in dem Handwaschbecken und desinfizierte sie, wobei er sich alle Zeit der Welt ließ.

„Sie wissen, dass es für unsere Ermittlungen wichtig ist zu wissen, welche Beschaffenheit das Gift hat und wo sein Ursprung liegt. Wir müssen verhindern, dass weitere Lebensmittel damit in Berührung kommen. Wir müssen die Täter so schnell wie möglich ermitteln und dingfest machen."

„Ich kann Ihre Eile verstehen. Aber, Herr Spürmann, Sie machen das hier doch nicht zum ersten Mal. Sie wissen doch, wie das läuft. Ich werde einen Zusatz für das Labor schreiben und ihnen die Dringlichkeit erklären. Mehr kann auch ich nicht tun. Eine Möglichkeit wäre ein Schnelltest, aber damit ist Ihnen auch nicht gedient, denn die präzise Substanz kann auch dieser Test nicht ermitteln."

Schneider zog seinen Kittel aus und legte ihn in den dafür vorgesehenen Wäschekorb. „Ich werde mein Möglichstes tun, verlassen Sie sich darauf."

Als ich mich mit Leni draußen, vor den Gemäuern der Krankenanstalt wieder fand, sog ich die frische Luft tief in mich ein. Es dämmerte bereits und in spätestens einer Stunde würde es dunkel sein.

Leni stand schweigend neben mir. Erst jetzt fiel mir auf, dass sie während der gesamten Obduktion kaum gesprochen hatte. Ich sah sie von der Seite an und sah ihren Atem, der durch das hinter ihr scheinende Straßenlicht wie eine weiße Fahne bei jedem Atemzug aus ihrem Mund wehte.

„Alles in Ordnung, Leni?"

„Alles o.k." Leni sah mich dabei nicht an, sondern drehte ihr Gesicht von mir weg und tat, als beobachte sie das Treiben vor dem Krankenhauseingang. Dort drängten sich - und diese Feststellung kann man jederzeit bei jedem Krankenhaus der Welt machen - eine Menge Krankenhausinsassen um einen riesigen Aschenbecher aus Eternit, gefüllt mit feinem Sand.

Ich wollte nicht wissen, wie viele von ihnen von ihren Ärzten ein absolutes Rauchverbot erhalten hatten, wie viele von ihnen gar Lungenkrebs oder eine andere Krankheit, vielleicht sogar als Folge des Rauchens, hatten. Ich sah die gelbliche Farbe in den Gesichtern, erblickte rauchende Rollstuhlfahrer und einen Mann, der seine Zigarette kaum bis zum Mund führen konnte, weil seine beiden Arme fest bandagiert waren. Eine dürre Frau mit unappetitlich wirkendem schwarzem, strähnig herabfallendem Haar, drückte das, was von der Zigarette noch übrig geblieben war, in dem riesigen Aschenbecher aus, begleitet von einem Hustenkonzert, das mir durch Mark und Bein ging.

Sollte ich diese Frau bedauern? Während sie mit ihrem Hustenanfall kämpfte, zog sie bereits eine frische Zigarette aus der Seitentasche ihres verwaschenen Morgenmantels und konnte mit zittrigen Händen kaum erwarten, den giftigen Smog einzuatmen.

Ich musste mich abwenden. Nicht aus Mitleid. Nein, ich konnte diesen selbst vernichtenden Unverstand einfach nicht mehr mit ansehen.

„Komm, Leni, auf ein Bier!"

Heute Abend gab es nichts mehr zu ermitteln. Zudem hatte ich das Gefühl, dass Leni etwas Abwechslung brauchte. Ich tippte auf Liebeskummer. Aber ich wollte nicht aufdringlich sein. Wenn Leni mir etwas mitteilen wollte, würde sie das von sich aus tun.

8. Kapitel

Emmerich und „Susi Quatro“ erwarteten uns schon auf der Dienststelle, obwohl Leni und ich verhältnismäßig früh dort eintrudelten.

„Das war gar nicht so einfach mit der Bergung des Toten gestern Abend aus der Talsperre Talbrück“, begann Emmerich uns zu informieren. „Erst glaubte die Feuerwehr, der Tote habe sich im Unterwasserdickicht verfangen, doch Taucher stellten dann fest, dass man die Leiche mit einem Gewicht beschwert hatte. Und die stand dann auch noch aufrecht im Wasser, was eigentlich ja logisch ist.“

Ja, das war absolut logisch. Erst hatte die Leiche auf Grund gelegen und hatte sich mit der Zeit mit Verwesungsgas angereichert, was unter Wasser eine bedeutend längere Zeit in Anspruch nimmt als darüber. Aber als dieser Zustand eingetreten war, richtete sich die Leiche auf, festgehalten von dem Steinblock an ihren Füßen. Offensichtlich hatte sie so an einer tieferen Stelle des Sees gestanden, da man sie nicht entdeckt hatte. Aber mit der Zeit und der, wenn auch schwachen Strömung, wurde der Stein immer weiter in Richtung Ufer befördert, bis zu der Stelle, wo man den Toten dann fand.

„Gott sei Dank, waren die Füße nicht in Beton eingegossen“, meldete sich Susi zu Wort. „Das hat ja alles schon einen mafiosen Einschlag.“

„Sondern?“ Ich sah auf „Susi Quatro“ herab. Ja, herab ist der richtige Ausdruck. Ich bin mit meinen Einsachtundsiebzig ja auch nicht gerade groß, aber

Susi ging mir gerade mal bis zur Schulter, inklusive der Haare.

„Man hatte dem Mann einen Felsblock, wie man sie überall hier in der Gegend finden kann, mit einer Kunststoffwäscheleine an die Knöchel gebunden“, antwortete Susi und sah zu mir auf, was nicht so einfach war. Dadurch, dass sie dicht neben mir stand, musste sie den Kopf stark nach hinten nehmen, was mir ein leises Grinsen entlockte und Susi nachdenklich werden ließ.

Werner Emmerich rettete die Situation.

„Wollen wir uns den Mann mal ansehen?“, fragte er in die Runde.

Und ob wir wollten.

Im Leichenkeller des Krankenhauses in Idar-Oberstein war es kalt. Mich fröstelte und ich zog den Kragen meines Mantels hoch. Ein Bediensteter des Krankenhauses öffnete eine Lade und zog einen Blechsarg heraus, den er auf dem dafür abgestellten Transportwagen abstellte. Er öffnete den Sarg und ließ uns alleine. Offensichtlich wusste er, warum. In Windeseile verbreitete sich ein Geruch, der uns allen den Atem verschlug.

„Daran gewöhne ich mich nie“, presste ich heraus und hielt mir das Taschentuch vor Mund und Nase. Aus den Augenwinkeln sah ich Leni Meter um Meter zurückweichen. Emmerich presste sich seinen Wollschal vors Gesicht und Susi Quarto, ich glaubte nicht richtig zu sehen, betrachtete sich den Toten, als sei das eine alltägliche Situation für sie.

„Ich bin gespannt auf die Obduktion“, sinnierte Susi vor sich hin. „Soll man diesen armen Kerl tatsächlich bei vollem Bewusstsein versenkt haben? Oder war er schon vorher tot? Ich meine, das wäre doch auch möglich. Aber wer macht so etwas? Was ist das Motiv?“

„Da werden uns hoffentlich die Ermittlungen in seinem Umfeld weiterhelfen", ließ sich Leni aus einiger Entfernung vernehmen.

Das sah ich auch so. „Wo ist eigentlich der Stein, an dem der Mann befestigt war? Und die Leine oder das Seil? Vielleicht kommen wir über diese Dinge ja ein Stück weiter."

„Haben wir alles auf der Dienststelle unter Verschluss", meldete sich jetzt auch Emmerich. „Lasst uns gehen! Wir müssen die Obduktion abwarten. Inzwischen müssen wir die Identität des Mannes herausfinden. Bin gespannt, was die Untersuchungen seiner Fingerprints beim BKA ergeben haben. Und um seine Kleidung müssen wir uns kümmern. Die dürfte jetzt trocken sein."

Da hatte Emmerich Recht. Vielleicht würden wir ja an Hand von Etiketten oder persönlichen Dingen, falls er denn noch welche bei sich hatte, weiterkommen. Aber gleichzeitig mit diesem Gedanken gab ich die Hoffnung darauf auf. Wenn die Täter ganze Arbeit gemacht haben würden, dann sicherlich auch in dieser Hinsicht.

„Das ist unsere Asservatenkammer für sperrige Gegenstände." Emmerich entriegelte das Schloss eines Garagentores im Innenhof des Polizeigeländes und öffnete das Schwingtor. Ein paar Mopeds, zwei Fahrräder, ein Pkw-Anhänger und jede Menge Kleinzeugs hatten sich hier angesammelt und warteten darauf, ihrem rechtmäßigen Besitzer ausgehändigt zu werden. Mein Blick fiel sofort auf einen kleinen Felsbrocken, den man gleich hinter dem Tor abgelegt hatte. Schiefer, was auch ein Laie wie ich auf Anhieb feststellen konnte. Einen halben Meter lang, etwa dreißig Zentimeter breit und ebenso dick.

„Wir haben ihn gewogen", sagte Emmerich. „Wiegt rund 40 Kilogramm. Reicht völlig aus, um einen Menschen lange Zeit unter Wasser zu halten."

Meine Gedanken kreisten um die Konsistenz des Brockens.

„Das ist Schiefer! Wo um Himmels Willen, gibt es hier in Idar-Oberstein Schiefer, hier in der Stadt der Edelsteine?“

„Ja. Heiner, wir leben im Hunsrück, und der Hunsrück ist nun mal ein Schiefergebirge, das auch vor Idar-Oberstein nicht Halt macht.“

Da hatte er wohl Recht und ich kam mir im gleichen Moment sehr dumm vor. Diese Frage hätte ich besser gepfiffen, dachte ich für mich, doch Emmerich brachte etwas ins Spiel, das noch Hoffnung ließ. Hoffnung über die Herkunft des Steines.

„Wir lassen den Brocken ganz einfach geologisch untersuchen. Ich bin sicher, dass man feststellen kann, wo diese Art Stein vorkommt. Ob uns das dann weiterbringen wird, das werden wir dann sehen.“

Das Seil, mit dem der Felsbrocken an den Füßen des Toten festgebunden war, war eine gewöhnliche Wäscheleine aus Kunststoff mit durchwirkten Fasern. Aber mehr interessierte mich die Kleidung, die der Tote bei seinem Auffinden trug. Diese hatte man auf Kleiderbügel an einigen Wandhaken zum Trocknen aufgehängt.

Emmerich verteilte Einweghandschuhe, die in einem Karton für alle Fälle bereit lagen, und wir begannen mit der Durchsuchung. Jede Tasche von Hose und Jacke kehrten wir nach außen, die Umschläge der Hose ebenso. Es war so, wie wir erwartet hatten: Alles leer. Die Täter hatten saubere Arbeit geleistet. Alle Hoffnung dahin!

„Ich hab was gefunden!“

Plötzliche Stille! Emmerich, Leni und ich drehten uns langsam um zu „Susi Quatro“, die mit freudestrahlendem Gesicht einen kleinen Zettel, kaum größer als eine Streichholzschachtel, zwischen Daumen und Zeigefinger hielt.

„Was ist das?“, fragte Leni und versuchte krampfhaft, in gebückter Stellung, dem Zettel seine Informationen zu entlocken.

„Ich weiß nicht, ist alles durch das Wasser verwaschen und unleserlich. Könnte ein Einkaufsbon sein, Teil eines Streichholzheftchens oder vielleicht auch nur die Reste eines Papiertaschentuchs. Sieht aber aus, als wenn darauf etwas geschrieben stünde.“

Susi legte den Zettel vorsichtig auf ihre flache Innenhand und wir konnten alle einen Blick darauf werfen.

„Ab ins Labor damit“, sagte ich. „Ehe wir die letzten Spuren verwischen. Wir haben absolut keinen Anhaltspunkt auf die Identität des Toten. Wahren wir uns also die letzte Hoffnung.“

Susi brachte den Zettel in einer Plastikhülle unter, beschriftete ihn und verstaute die vermeintliche Kostbarkeit im Spurenkoffer.

Ich schaute auf meine Armbanduhr. Wir mussten unbedingt Schäfers auf den Zahn fühlen. Und ich wollte noch einen Blick in die Betriebsanlage der Hochwald-Milchwerke in Weilersberg werfen. Wenn wir wussten, auf welche Art und Weise das Gift in die Milch kam, konnten wir gezielt handeln, da war ich mir sicher. Geschahen die Verunreinigungen im Milchwerk, war es leichter einzugreifen, als wenn uns der Täter von Geschäft zu Geschäft, von Stadt zu Stadt jagte, um die schlechte Ware aus den Regalen nehmen zu lassen.

Mein Handy klingelte. Das Display zeigte mir an, dass der Saft knapp wurde. Es war Lisa.

„Hallo, Heiner“, hörte ich ihre Stimme so nahe, als stünde sie neben mir. Ich konnte mir denken, was sie mir sagen wollte. Ich bin so alleine. Wie lange bleibst du noch weg? Ich vermisse dich. Wenn ich ehrlich bin, ich erwartete diese Fragen tatsächlich und fühlte mich wohl dabei. Lisa hielte es ohne mich nicht mehr aus. Ich fehlte ihr. Und ich? Ich hatte in den vergangenen Tagen kaum an sie gedacht. Dazu war einfach keine Zeit. Der Stress, die Ermittlungen, in denen wir nicht weiterkamen und die Erwartung neuer Anschläge, da waren die Gedanken an Lisa einfach in den Hintergrund getreten. Ich schämte mich etwas. Aber Lisa brauchte mich. Sie würde es jetzt sagen. Meine Lisa!

„Hör mal, Heiner, die Frauengemeinschaft aus Forstenau hat mich zu einer Urlaubsfahrt in die Pfalz eingeladen. Für über eine Woche. Was hältst du davon? Ist doch toll, oder? Vielleicht bist du mit deinem Fall schon fertig, wenn ich zurückkomme. Dann werden wir beide uns mal so richtig entspannen."

Was war das? Kein Wort darüber, dass Lisa mich vermisste. Im Gegenteil. Sie freute sich auf eine Fahrt mit den Frauen der Katholischen Frauengemeinschaft.

„Hallo, Heiner", flötete es am anderen Ende der Leitung. „Freust Du dich für mich?"

„Natürlich freue ich mich." Jetzt war ich wieder da. Mit einem leicht angekratzten männlichen Ego, aber wieder da. „Ich habe hier so viel zu tun und Leni, ich glaube, sie hat irgendwelchen Kummer. Hat sie Dir etwas gesagt?"

„Nein, hat sie nicht. Werde mich um sie kümmern, wenn Ihr beide nach Hause kommt. Wir fahren mit dem Zug, stell Dir vor. Kein Stress, keine Autobahnen, Gemütlichkeit pur. Wünsch mir eine schöne Zeit, Heiner!"

„Eine schöne Zeit, Lisa. Bis bald. Ich hoffe, es gibt keine Probleme."

„Probleme? Wieso?"

„Du weißt, dass die Lokführer streiken wollen. Es könnte also passieren, dass euer Aufenthalt auf den Bahnhöfen länger dauert als geplant."

„Ach, das wird schon irgendwie klappen. Die können ja nicht ewig streiken. Bussi."

Dann knackte es in der Leitung und ich fühlte mich auf einmal ganz allein auf der Welt. Mensch, Spürmann, reiß dich zusammen, gab ich mir selbst einen moralischen Tritt in den Allerwertesten. Freue dich, dass Lisa auch mal eine Abwechslung hat. Ich versuchte mich zu freuen, aber es blieb ein komisches Gefühl. Ich musste zusehen, dass dieser Fall bald geklärt sein würde. Doch ich sollte eines anderen belehrt werden.

9. Kapitel

Mein alter Astra, Baujahr 1991, war eigentlich nicht mehr für die Strecken rund um den Erbeskopf geeignet. Aber ich konnte mich einfach nicht von ihm trennen. Zu viel hatten wir gemeinsam durchgemacht und obwohl er zahlreiche Macken aufwies, hatte er mich in entscheidenden Momenten nie hängen lassen. Dass er nach der Aufklärung des letzten Falles in Forstenau vorübergehend schlapp gemacht hatte, nahm ich ihm nicht übel.

Dank einer Überholung seiner automatischen Organe in der Forstenauer Autowerkstatt hatte mein Weggefährte sogar im zweiten Anlauf die lebenserhaltende Plakette bekommen, ich hatte ihn in einer freien Stunde kräftig gewaschen, von Hand, versteht sich, und sogar poliert. Ob er das in seinem hoffentlich noch langen Leben noch einmal erfahren würde, ich hatte da meine Zweifel.

Und so fuhren wir mal wieder, Leni und ich, von Idar-Oberstein in Richtung Weilersberg. Wir wollten uns Helmut Schäfers, den ehemaligen Mitarbeiter der „Hunsrück-Milchwerke" einmal näher ansehen und ihm auf den Zahn fühlen. Einen begründeten Tatverdacht hatten wir nicht, geschweige denn irgendwelche Beweise, dass er in einer Verbindung zu den Milchvergiftungen stand.

„Ich überlege mir, ob tatsächlich ein Zusammenhang mit dem toten Landstreicher und der Wasserleiche besteht“, meldete sich Leni kurz hinter Idar-Oberstein zu Wort. „Vielleicht verrennen wir uns da in zwei verschiedene Fälle.“

„Das können wir erst sagen, wenn die Identität der Wasserleiche geklärt worden ist“, antwortete ich und stieg gleichzeitig auf die Bremse, weil ein Traktor mit einem mit Runkelrüben beladenen Anhänger aus einem Seitenweg auf unsere Straße einbog.

„Da kannst du mal sehen, Leni, so ist das Landleben. Mit eingebauten Vorfahrten muss man hier einfach rechnen.“

Der Traktorfahrer hatte offensichtlich bemerkt, dass er uns die Vorfahrt genommen hatte und versuchte, seinen Fehler wieder gutzumachen. Das heißt, er wollte mit seinem Gefährt so weit nach rechts fahren, dass wir ihn auf der nicht gerade breiten Landstraße überholen konnten.

Ich sah, dass das nicht gut gehen würde. Der Traktor geriet etwas zu weit nach rechts, kam von der Straßenbefestigung ab, konnte sich jedoch mit eigener Kraft wieder auf die geteerte Fahrbahn ziehen. Anders erging es dem Anhänger, der dem Traktor zwar folgte, aber mit den Hinterrädern weiter abrutschte. Durch den Zug des Traktors wurde auch noch die Hebelwirkung der Räder auf den unbefestigten Teil neben der Fahrbahn verstärkt und wie in Zeitlupe neigte sich der Hänger und kippte langsam nach rechts auf die Seite, wo er von dem starken Gebüsch in seiner Fallbewegung gebremst wurde.

„Das hat uns gerade noch gefehlt“, schimpfte ich. „Wir können doch nicht so einfach hier abhauen und den Mann mit seinem Schicksal alleine lassen.“

Leni und ich stiegen aus und gingen zu dem Mann, der gerade behäbig von seinem Traktor stieg. Dann stand er vor uns, in Arbeitskleidung, Gummistiefeln, auf dem Kopf einen bayrischen Filzhut, wie man ihn in unserer Gegend selten zu sehen bekommt.

Der Mann war nicht mehr der Jüngste, so um die Sechzig. Seinen Händen sah man an, dass er ein Leben lang in der Natur hart gearbeitet hatte. Sein Gesicht war zerfurcht und sein Schnurrbart, der leicht nach oben gezogen war, stand im Gegensatz zu seinen Mundwinkeln, die leicht nach unten zeigten, ein Anzeichen dafür, dass sein Leben nicht ausschließlich aus Zufriedenheit bestand.

„Was soll ich denn jetzt machen?“, jammerte der Mann. „Aus eigener Kraft komme ich doch da nicht mehr raus!“

„Können Sie nicht jemand von Ihrem Hof rufen?“, warf Leni ein. „Mit einem zweiten Traktor dürfte es doch kein Problem sein, die Karre sprichwörtlich aus dem Dreck zu ziehen.“

„Haben Sie eine Ahnung“, antwortete der Mann und sah an mir vorbei in die Ferne in Richtung Erbeskopf.

„Ich bin auf dem Hof alleine mit meiner Frau. Zwei Söhne habe ich, beide hatten irgendwann die Schnauze voll vom Bauernleben. Sind in die Industrie gegangen. Leben ihr eigenes Leben. Es gab oft Streit deswegen, denn dafür hatte ich absolut kein Verständnis. Doch später habe auch ich ein Einsehen gehabt.“

„Hat Ihren Söhnen der Beruf nicht gefallen oder war es das Einkommen, das ihnen nicht gereicht hat?“, fragte ich den Mann, denn ich hatte den Eindruck, dass er einfach einmal sprechen wollte, egal mit wem, nur reden.

„Ich glaube, das Geld war es nicht. Ja auch, ein wenig. Aber da gibt es noch viele Gründe. Sehen

Sie, wer heiratet schon einen Bauern? Die jungen Dinger von heute wollen sich doch ihre Finger nicht mehr schmutzig machen. Mein Ältester hatte eine Freundin, das heißt, er hatte schon mehrere, auch schon auf unserem Hof. Keine hatte es lange ausgehalten, bis auf die Letzte. Die blieb fast ein halbes Jahr, aber dann war auch mit der Schluss. Und Ewald, so heißt der Große, hatte die Nase voll. Hat sich um eine Stelle als Hausmeister beworben und kommt seitdem nur noch auf Besuch auf den Hof, Der liegt in Fleschweiler, etwa zwei Kilometer von hier. Ich heiße übrigens Meller, Franz Meller."

„Mein Name ist Spürmann, das ist Frau Schiffmann. Wir sind bei der Polizei und auf dem Weg nach Weilersberg. Können wir Ihnen irgendwie helfen?"

„Haben Sie ein Handy dabei?"

„Ja, sicher."

„Dürfte ich damit einen Kollegen von mir aus dem Ort anrufen, dass der mit einem Trecker zu Hilfe kommt?"

„Aber natürlich." Ich gab Meller mein Handy und er telefonierte. Offensichtlich mit Erfolg.

„Mein Kollege kommt. Er wird etwa in einer halben Stunde hier sein."

„Sagen Sie, was ist mit Ihrem zweiten Sohn?", fragte Leni, die sich offensichtlich inzwischen auch für das Landleben zu interessieren schien.

„Mit dem ist es ähnlich gelaufen. Hat eine Freundin gehabt, in Nordrhein-Westfalen, und ist zur Freierei immer dorthin gefahren. Als er die feine Dame dann zum ersten Mal mit auf den Hof brachte, hat die den Rückzug angetreten. Michael, so heißt der Zweite, arbeitet heute in einer Fabrik, ist verheiratet und hat einen kleinen Sohn. Nach vielen Streitereien untereinander haben wir alle wieder Kontakt und verstehen uns gut. Aber auf dem Hof geht es drunter und drüber. Ich packe die Arbeit nicht mehr und meine Frau ebenso wenig. Aber wir müssen durchhalten, der Rente wegen. Und der Schulden wegen. Wir müssen durchhalten, das verlangt man von uns."

„Da kommt ein Trecker, hört Ihr?", stellte Leni fest. Und tatsächlich, aus einiger Entfernung näherte sich ein Riesengefährt. Damit dürfte die Sicherung des Gespanns kein Problem werden.

Wir verabschiedeten uns von Meller und setzten unsere Fahrt fort. Irgendwie hatte ich mich verfahren, denn wir kamen durch Ortschaften wie Niederbrombach, Schmißberg und sahen einen Hinweis auf Birkenfeld.

„Wenn wir so weiter fahren, sind wir bald zu Hause bei mir in Forstenau", sagte ich lachend. Wir müssen nach rechts ab, immer in Richtung Erbeskopf."

Nach einer halben Stunde Irrfahrt sahen wir von weitem die großen Lettern des Firmennamens „Hunsrück-Milchwerke".

„Jetzt sind wir richtig! Auf in die Morbacher Straße!"

Das Anwesen Nummer 33 hatte schon bessere Zeiten gesehen. Es war ein kleines Haus, erbaut offensichtlich in den Fünfziger Jahren, hatte aber seitdem kaum eine Renovierung erfahren. Der Putz bröckelte, das Dach hatte Schadstellen und die Fenster kannten nicht einmal Doppelverglasung. Eine Behausung, hatte Kubicka das Anwesen beschrieben. So etwas Ähnliches war es auch.

Was zu dieser Art Anwesen absolut passte, war das Drumherum. Überall lagen Gegenstände, altes Gerümpel, neben dem Haus stand ein verrosteter, abgemeldeter Pkw, daneben ein Mofa, an dem die Räder fehlten und weiter hinten, am Ende des Grundstückes war ein alter Traktor abgestellt. Ein schönes altes Teil, wäre es gewesen, wenn der Inhaber sich um den Erhalt des Zustandes bemüht hätte. So aber hatte die Rostlaube keine Hoffnung, mit seiner alten Vergangenheit Zukunft zu haben.

Leni und ich kämpften uns über wackelige Steinplatten zur Haustür und ich drückte den Knopf einer lose herabhängenden Klingel. Niemand meldete sich. Wir lauschten ins Innere des Hauses, konnten aber keinerlei Geräusche wahrnehmen. Ich klingelte noch mehrere Male und gab es dann auf.

„Komm, wir gehen. Müssen es eben ein anderes Mal versuchen“, sagte ich und hörte im gleichen Moment das Brummen eines Motors hinter mir. Ein Mann mit einem Mofa kam auf das Haus zugefahren und stieg ab.

„Sie wollen zu mir?“

„Wenn Sie Herr Schäfers sind.“

„Und wer sind Sie?“

Ich hielt Schäfers meine Kriminalmarke unter die Nase.

„Kripo Trier, Hauptkommissar Spürmann, meine Kollegin Schiffmann. Dürfen wir reinkommen? Wir haben ein paar Fragen an Sie.“

„Machen Sie sich keine Mühe, ich bin sauber. Nicht mal einen Strafzettel in letzter Zeit hat es gegeben. Kommen Sie rein!“

Wir folgten Schäfers in sein Haus. Hier setzte sich das fort, was wir draußen festgestellt hatten. Unordnung, wo man hinsah. Das kleine Wohnzimmer, in das er uns führte, roch nach abgestandenem Rauch und Alkohol. Auf dem kleinen Couchtisch stand ein riesiger Aschenbecher, randvoll mit Asche und Kippen.

„Sie können sich auch setzen, kostet das gleiche Geld“, sagte Schäfers, den ich mir jetzt einmal genau ansah. Sein Alter war schwer zu schätzen, Ende Vierzig vielleicht, sein eingefallenes Gesicht schimmerte grau und Hemd und Hose schienen zwei Nummern zu groß.

Ich zog es vor stehen zu bleiben und Leni machte ebenfalls keine Anstalten, sich zu setzen.

„Was wollen Sie?“ Schäfers zündete sich mit zitternden Fingern eine Zigarette an, die er aus einer zerdrückten Zigarettenschachtel fischte. Dann setzte er sich in einen der zerschlissenen Sessel, schlug die Beine übereinander und lehnte sich zurück.

„Wie gesagt, ich bin sauber!“

„Wir werfen Ihnen ja auch nichts vor“, gab ich ihm zu verstehen. „Wir möchten nur mit Ihnen reden. Reden über die Zeit, als Sie noch in den Hunsrück-Milchwerken gearbeitet haben.“

„Was soll das? Die Sache ist für mich erledigt. Man hat mich rausgeschmissen und fertig. Sie wissen doch sicher schon, warum. Und wenn Sie das wissen, dann wissen Sie auch, dass ich nichts Strafbares getan habe.“

„Warum hat man Sie entlassen?“

„Die offizielle Begründung war meine angeblich schlechte Arbeitsmoral. Hätte zu oft Pausen gemacht und angeblich die Kollegen aufgehalten. Wissen Sie, ich bin kein Typ, der gerne alleine an einer Stelle steht und seine Arbeit tut. Arbeiten ja, aber etwas Abwechslung brauche ich schon dabei.“

„Was arbeiten Sie denn jetzt?“

„Arbeiten? Dass ich nicht lache. Ich habe keine Arbeit mehr gefunden. Ein schlechtes Arbeitszeugnis und mein Alter. In meinem Alter finden Sie heute nichts mehr. Ich lebe derzeit von Hartz IV, reicht gerade so zum Leben. Ich habe keinen Beruf gelernt, habe immer nur am Band oder an einer Maschine gestanden, da finden Sie nichts mehr.“

Ich kam sofort zur Sache. „Es hat einen Toten gegeben. Einen Toten deshalb, weil der Mann Milch von den Hunsrück-Milchwerken getrunken hat. Wir suchen denjenigen, der das getan hat.“

„Und Sie glauben, dass ich ...?“

„Wir glauben nichts, wir ermitteln“, mischte sich Leni ein. „Und eine Spur führt zu Ihnen. Sie hatten doch allen Grund, sich an den Milchwerken zu rächen.“

„Mit dieser Firma habe ich schon lange abgeschlossen, das können Sie mir glauben. Wenn ich mich hätte rächen wollen, dann hätte ich das anders getan, auf meine Art, nicht auf eine Art und Weise, mit der ich mein eigenes Kind hätte gefährden können.“

„Wie meinen Sie das?“

„Ich bin seit einen Jahr geschieden. Meine kleine Tochter, sie ist zwölf Jahre alt, lebt bei meiner Frau in Simmern. Sie hat das Sorgerecht für Betty erhalten. Glauben Sie, ich würde irgendwelche Lebensmittel vergiften, von denen ich annehmen muss, dass mein Kind etwas davon isst oder trinkt? Suchen Sie sich einen anderen Täter. Bei mir ist Endstation!“

„Haben Sie noch Kontakt zu Ihrer ehemaligen Firma, ich meine zu Arbeitskollegen oder zu Leuten vom Personal?“, wollte ich wissen.

„Nein, ich will damit auch nichts mehr zu tun haben. Ich habe eine Beschäftigung zum Niedrigstlohn, daran wird sich wohl kaum etwas ändern. Für die Gemeinde Weilersberg arbeite ich regelmäßig, zumindest versuche ich das beizubehalten. Verschönerungsarbeiten und Ausbesserungen im Gestaltungsbild des Ortes, so nennt man das, darin bin ich eingebunden. Vielleicht werden meine Arbeit und meine Zuverlässigkeit irgendwann honoriert und man besorgt mir doch noch einen festen Job, obwohl ich da kaum Hoffnung habe. Man wird sehen.“

Mit gemischten Gefühlen verließen wir die Behausung von Schäfers.

„Was glaubst du?“, fragte Leni, als sie neben mir in meinem alten Opel saß.

„Gefühlsmäßig? Na, ja. Ein Motiv hätte Schäfers schon. Aber das Argument mit seiner Tochter hatte schon was. Ich glaube, als Racheobjekt hätte er sich tatsächlich etwas anderes ausgesucht."

10. Kapitel

„Gut, dass Ihr endlich kommt!", empfing uns Emmerich auf der Dienststelle in Idar-Oberstein. „Hier liegen einige Erkenntnisse vor, die euch überraschen werden."

„Dann lass mal hören", sagte ich. Leni machte sich an der Kaffeemaschine zu schaffen.

„Hier ging es inzwischen ganz schön rund. Die Ereignisse haben sich sozusagen überschlagen. Das Labor hat angerufen. Die Chemiker konnten einen Teil der Schrift auf dem Zettel unserer Wasserleiche entziffern. Das Obduktionsergebnis steht fest und ich glaube, wir wissen auch, wer der Tote ist. Die vergleichenden Untersuchungen sind derzeit im Gange."

„Das sind doch mal erfreuliche Nachrichten. Wer?"

Doch Emmerich winkte ab.

„Es gibt eine vierte Nachricht, die du als erstes wissen solltest. Wir haben einen weiteren Vergiftungsfall. Eine Elvira Schmitt in Zwickau, an der polnischen Grenze. Ist fast siebzig Jahre alt. Sie wurde von ihrer Freundin noch früh genug in ihrer Wohnung gefunden. Der herbeigerufene Notarzt hat eine angebrochene Packung H-Milch auf dem Küchentisch vorgefunden und war so clever, die Milch mit ins Krankenhaus zu nehmen. Das war auch der entscheidende Grund, dass man die Frau retten konnte. Die Kollegen haben inzwischen die Packung sichergestellt. Nun darfst du raten, wer die Herstellerfirma ist."

Verdammt, das war ein Schlag! Das war ein Rückschlag! Gingen wir bis jetzt davon aus, den Fall auf örtlicher Ebene klären zu können, breitete sich die Angelegenheit nun bundesweit aus.

„Das war doch ein Einzelfall, ich meine, so weit außerhalb Idar-Obersteins", stellte ich mehr fest, als ich fragte. „Mir fehlt der Zusammenhang."
Ich sah Emmerich direkt an, als könne er die Lösung herbeizaubern.

„Das sieht nach einem Einzeltäter aus", meldete sich Leni zu Wort. „Stellt euch doch einfach mal vor, die Milch wäre in der Herstellungsfabrik vergiftet worden. Dann hätten wir inzwischen eine Epidemie, das müsst Ihr doch zugeben. Aber wir haben nur Einzelfälle. Wenn ihr mich fragt, da verspritzt einer mit voller Absicht das Gift an ausgesuchten Stellen. Aber, warum nur?"

Darüber jetzt und hier zu philosophieren, dazu hatte ich absolut keine Lust. Mich interessierten die Ergebnisse von heute.

„Bitte, Werner, klär uns auf! Was hat sich heute an Positivem ergeben?"

Leni hatte inzwischen den Kaffee fertig und brachte vier Tassen, die sie auf dem Tisch abstellte.

„Susi kommt auch gleich", bemerkte sie und goss den Kaffee in die Tassen, die allesamt verschiedene Motive aufwiesen, vom Sternzeichen angefangen bis hin zur nackten Meerjungfrau.

„Also, ich will es nicht allzu spannend machen", sagte Emmerich. Auf dem Zettel, den wir bei der Wasserleiche gefunden haben, war eine Telefonnummer notiert. Die eines Winzerbetriebes aus Trittenheim. Claus Rehlinger, heißt der Inhaber, er ist bekannt für seinen guten Tropfen, den ‚Trittenheimer Rebenberg', hast du sicher schon mal gehört. Ein Wein, der inzwischen weltweit bekannt geworden ist. Aber auch einen Namen konnten die Leute im Labor auf dem Zettel sichtbar machen.

Und jetzt halte dich fest! Es ist ein Name, den du kennst.“

Emmerich machte eine Pause und ich sah ihm an, dass es ihm Spaß machte, mich zappeln zu lassen.

„Nun mach schon!“, drängte ich. „Spann mich nicht auf die Folter!“

„Es ist eine Person aus Weilersberg. Du kennst sie. Wenn ich mich recht erinnere, hast du heute noch mit ihr gesprochen. Bei der Gelegenheit kannst du mir vielleicht mitteilen, was bei diesem Gespräch herausgekommen ist.“

„Schäfers!“, entfuhr es mir.

„Helmut Schäfers. Was hat Schäfers mit diesem Toten zu tun?“

„Jelinek“.

„Wie bitte?“

„Jelinek, Wladimir Jelinek, so heißt der Tote. Wir haben schließlich auch nicht geschlafen. Heute Morgen, ihr wart gerade in Richtung Weilersberg gestartet, kam die Nachricht vom LKA.“ Emmerich nahm eine Mappe vom Tisch und gab sie mir.

„Wladimir Jelinek, 45 Jahre, polnischer Staatsangehöriger, vorbestraft in seiner Heimat wegen diverser Eigentumsdelikte, in der Bundesrepublik Deutschland einmal erkennungsdienstlich behandelt wegen illegalen Aufenthaltes“, las ich die Daten vor.

„Er dürfte sich auch dieses Mal ohne Genehmigung bei uns aufgehalten haben“, sagte Emmerich. War vielleicht einer der Erntehelfer, die man ‚vergessen’ hatte anzumelden.“ Der Stimme Emmerichs war eine leichte Ironie zu entnehmen.

„Das hat sich ja nun erledigt, und was ist mit der Obduktion? Was hat sich ergeben?“, wollte ich wissen.

„Das ist die nächste Überraschung. Ich hoffe, du kannst so viele auf einmal verkraften. Also, unser Freund Jelinek, den wir aus dem Stausee in

Talbrück gezogen haben, ist nicht ertrunken. Jelinek war schon tot, als man ihn mit dem Stein an den Füßen zu den Fischen schickte."

Emmerich nahm einen Schluck aus seiner Kaffeetasse. Er ließ mich schon wieder zappeln. Als er sah, dass sich meine Augen verengten, setzte er seine Information fort.

„Jelinek ist eventuell erstickt worden. Es wurde kein Wasser in seiner Lunge festgestellt. Also scheidet Tod durch Ertrinken aus. Vielleicht hat man ihm ein Kissen auf Mund und Nase gedrückt, vielleicht eine Plastiktüte über den Kopf gezogen.

Letzteres nimmt der Obduzent an, ohne dafür einen richtigen Beweis zu haben. Er sagte, wenn seine Vermutung - und nur eine solche sei es - stimmte, könnte es sich um eine so genannte „weiche Bedeckung", handeln. Das wiederum würde bedeuten, dass die Erstickung nicht mit Gewalt herbeigeführt wurde. Ein Nachweis sei allerdings sehr schwierig."

Emmerich machte eine Pause und nahm einen Schluck Kaffee und fuhr fort.

„Der Pathologe drückte sich so aus, warte mal, ich habe es mir notiert - also: Petechien - was immer das sein mag- und die Lungenblähung - darunter kann ich mir was vorstellen - seien stärker als normal ausgeprägt. Auch leichte Vertrocknungen der Haut um den Mund und um die Nase habe er festgestellt. Das spräche eigentlich für einen Erstickungstod dieser Art. Aber wir sollen uns bitte nicht darauf festlegen."

„Aber er wurde erstickt, oder hat der Obduzent eine andere Todesursache festgestellt?"

„Nein, hat er nicht. Er hat keinen Tod durch Ertrinken festgestellt und geht aufgrund der vorliegenden Umstände von einem Erstickungstod aus. Aber der vorliegende Fall ist nicht so eindeutig, wie wenn jemand ihm die Kehle zugehalten hätte, verstehst du?“

„Ich versuche es.“

„Jetzt habe ich dir fast alles gesagt. Das Schärfste kommt aber noch.“

Emmerich trank einen weiteren Schluck und ich widmete mich ebenfalls kurz meinem Kaffee. Der war inzwischen nur noch lauwarm und ich stellte ihn wieder ab. Dann sah ich Emmerich erwartungsvoll an.

„Und?“

„Unter seinen Fingernägeln wurden Spuren von Gift gefunden.“

„Und ich soll jetzt raten, um welches Gift es sich handelt?“

„Brauchst du nicht Heiner, denn darauf kommst du nie“, hörte ich die Stimme von ‚Susi Quatro’ hinter mir.

Die kleine Kriminalistin stand in der Tür und schwenkte einen flachen Aktenordner.

„Es handelt sich um das gleiche Gift, wie es auch in den Milchtüten vorgekommen ist. Was haltet ihr denn davon? So ein Zufall! Unsere Wasserleiche ist in den Vergiftungsfall verstrickt.“

Das war ja interessant.

„Dann ist auch die Art des Giftes bekannt?“, fragte ich.

„Novoxin“ heißt das Präparat. Findet, oder besser gesagt, fand in der Landwirtschaft und im Weinbau Verwendung“, klärte uns Susi auf. „Hier steht, dass es sich um eine inzwischen in Deutschland verbotene Art von Pestizid handelt. Bekommt man heute nur noch in einigen Ländern, bis vor kurzem auch in Luxemburg, aber auch dort inzwischen nicht mehr. In kleinen Dosen führt es beim Menschen zu Übelkeit, Muskelschwäche und Erbrechen, aber das Überschreiten einer Mindestmenge nur um eine Kleinigkeit kann den Tod bedeuten. Kein Wunder, dass man es aus dem Verkehr gezogen hat. Es war für Mensch und Pflanze gleichermaßen schädlich."

„Danke für den Vortrag, Susi." Meine Gedanken liefen noch wirr durcheinander. So viele Erkenntnisse auf einmal. Aus zwei vermuteten Fällen wurde einer. Ich musste Wittenstein informieren, ehe der auf die Idee kam, eine zweite Kommission zu gründen.

Aber erst musste ich meine Gedanken ordnen. Das fiel gar nicht so leicht, weil sich gerade jetzt mein Tinnitus meldete und pfiff, was das Zeug hielt.

Also: Schäfers und Jelinek kannten sich. Hieß im Klartext: Erneut auf nach Weilersberg in die Morbacher Straße 33. Dann war da der Winzereibetrieb in Trittenheim, Claus Rehlinger und sein Trittenheimer Rebenberg.

Was hatte Jelinek mit einem seriösen Betrieb wie diesem zu schaffen? Und dann Elvira Schmitt aus Zwickau, die aufgrund einer Vergiftung auf der Intensivstation des dortigen Krankenhauses lag. Das waren so viele Erkenntnisse auf einmal, die offensichtlich alle in diesen Fall hineinspielten. Einen Vorteil hatte das Ganze. Wir konnten uns gemeinsam auf eine Sache konzentrieren.

Den Feierabend hatten wir heute bereits überschritten. Was wir noch erledigen konnten, war die Kontaktaufnahme mit der zuständigen Dienststelle in Zwickau, um genaue Erkenntnisse zu erhalten.

„Das übernehme ich", meldete sich Emmerich. „Eines hatte ich noch vergessen: Das Gift wurde mittels einer Injektionsspritze in die Milch gegeben. Und zwar in die Dichtungsmembrane innerhalb des Schraubverschlusses. Daher konnte auch kein Tropfen entweichen. Es war außen ja einfach keine Öffnung da. Wir sehen uns dann morgen. Es wird ein langer Tag werden."

11. Kapitel

Wittenstein war überrascht und erleichtert zugleich, als ich ihn über den neuesten Stand in Kenntnis setzte.

„Bei Ihnen tut sich ja einiges. Kommen Sie mit Ihrer Kollegin alleine zurecht oder brauchen Sie Hilfe?“, fragte er, nachdem er mir, ohne mich zu unterbrechen, zugehört hatte.

„Das geht schon, wir haben hier Kollegen an der Seite, mit denen wir ein vollwertiges Team bilden“, lehnte ich seine Hilfe dankbar ab.

Mit dem versprechen, ihn auf dem Laufenden zu halten, verabschiedeten wir uns und Leni und ich begaben uns auf nach Weilersberg zu der Wohnung Schäfers.

Es war zehn Uhr morgens, da musste er eigentlich zu Hause sein. Wenn nicht, würden wir über die Gemeindeverwaltung erfahren, wo man ihn zur Arbeitsverrichtung für einen Euro die Stunde abgestellt hatte.

Das Mofa stand vor dem Haus. Ich gab Leni ein Zeichen und sie begab sich zur Hinterseite des Hauses, für alle Fälle.

Als ich Leni hinter dem Anwesen verschwinden sah, klopfte ich an der Tür, denn die Klingel gab keinen Ton von sich. Nichts rührte sich. Ich klopfte lauter und sofort gab die Tür nach und öffnete sich einen Spalt nach innen. Nicht verschlossen! Ich schob die Haustür langsam auf, doch in der Dunkelheit konnte ich keinen Meter weit sehen.

Ich tastete nach dem Lichtschalter, der sich eigentlich neben der Tür befinden musste. Meine Hand fühlte nur raue und leicht feuchte Tapete. Es war so dunkel im Inneren des Hauses, dass man kaum die eigene Hand vor Augen sehen konnte. Offensichtlich hatte Schäfers alle Rollläden herabgelassen oder die Fenster sonst wie verdunkelt. Gab es dafür einen Grund? Ich tastete mich noch einen Meter ins Hausinnere, brach die Aktion dann aber ab. Ich musste die Taschenlampe aus dem Auto holen, anders kam ich hier nicht weiter.

Kaum hatte ich mich umgedreht und wollte den Fuß ins Freie setzen, hörte ich ein sattes Geräusch, so als wenn jemand auf einen Mehlsack einschlägt. Gleich darauf folgte Lenis Schrei.

„Heiner, Heiner, hierher. Ich bin hinter dem Haus." Und dann folgte etwas, was ich bei Leni bisher noch nie gehört hatte. Sie fluchte wie ein Rohrspatz, wobei sie in ihren Adenauer-Dialekt verfiel.

„Verdammte Scheiße, hat der Arsch hier Öl ausjekippt oder mit Schmierseife jeputzt. Is doch wohl net wahr! Wie seh isch denn jetzt aus?"

Ich eilte zur Rückseite des Hauses und sah Leni aus einem Schuppen kommen, der ein paar Meter von dem Anwesen entfernt separat stand. Sie kam aus diesem Schuppen und hielt die Arme gestreckt vor dem Körper, als wolle sie verhindern, dass sie mit ihren Händen ihre Kleidung beschmutzte.

Da sie aus dem Dunkel kam, konnte Leni nicht sehen, was ich sah. Die nach vorne ausgestreckten Hände waren weder mit Schmieröl noch mit Schmierseite versehen. Was Leni nicht sehen konnte, war das Blut an ihren Händen.

Mir stockte kurz der Atem. Leni würde doch nicht...? Nein, verletzt war sie sicherlich nicht, dazu hatte das laute Fluchen nicht gepasst. Was hatte es dann mit dem Blut auf sich?

Leni war inzwischen aus dem Schuppen heraus ins Licht getreten und betrachtete ihre Hände. Ich sah, wie sie erschrak und ihr die Farbe aus dem Gesicht wich.

„Alles in Ordnung"?, stellte ich die dümmste Frage seit Tagen.

„Was soll hier schon in Ordnung sein?"

Leni sah mich an, dann wieder auf ihre Hände. „Ich bin hingefallen, da drin. Ausgerutscht. Dabei habe ich mich mit den Händen aufgestützt. Wie sehe ich hinten aus?"

Leni drehte sich und zeigte mir ihren Allerwertesten, der rot war wie der einer Pavianfrau.

„Leni, was ist da drin los? Wir brauchen eine Taschenlampe."

„Ich brauche erst mal Wasser und Seife, sonst muss ich noch kotzen!" Leni sah noch immer völlig außer sich ihre Hände an.

„Ohne Lampe geht nichts", sagte ich und ging zum Wagen. Mit meiner Maglite im Anschlag ging ich an Leni vorbei zum Schuppen, öffnete die Tür ganz und leuchtete hinein.

Dann sah ich die Bescherung, das heißt, ich sah die Ursache für Lenis Aussehen. Eine riesige Blutlache vor einem Holzstoß auf der Erde, offensichtlich noch ziemlich frisch. Ich leuchtete weiter in den Raum hinein und sah, dass eine Blutspur weiter in das Innere des Schuppens führte und ich hatte eine grauenvolle Ahnung.

Darauf bedacht, nicht in das Blut zu treten und vor allem keine Spuren zu verwischen, ging ich vorsichtig weiter und sah, mich mit einer Hand auf dem Holzstoß abstützend, um die Ecke.

Er lag auf dem Rücken. Seine Augen waren weit geöffnet und starrten an die Decke des Schuppens. Mit dem Genick lag er auf einem Holzscheit, so dass sich der Kopf nach hinten überdehnte. Irgendwie sah es grotesk aus. Als habe er unter dem Kinn einen zweiten Mund, klaffte dort eine riesige Schnittwunde, fast von einem Ohr zum anderen. Man hatte Schäfers die Kehle durchgeschnitten.

Leni hatte sich vor dem Schuppen auf einen Holzbock gesetzt und betrachtete immer wieder ihre Hände. Dass ihre Hose auf der Rückseite ebenfalls so aussah, hatte sie offensichtlich noch nicht mitbekommen.

Ich rief Emmerich von meinem Handy aus an.

„Was ist das nur, Heiner? Seit Ihr hier im Land seid, geschieht ein Mord nach dem anderen. Spaß beiseite. Ich schicke dir die Spurensicherung und für Leni etwas neue Kleidung. Hoffen wir, dass alles passt."

„Wer hatte einen Grund, Schäfers umzulegen, Werner? Hast Du eine Idee?"

„Nicht den Schimmer."

„Er scheint also wirklich in die Sache verwickelt gewesen zu sein, aber dafür bringt man ihn doch nicht um! Oder wurde er zum Risiko? Für wen? Hatte man Angst, er würde bei der Polizei auspacken? Dann frage ich mich: Wer wusste, dass wir schon einmal bei Schäfers waren und ihn in dieser Sache befragt hatten? Außer der Chefetage der ‚Hunsrück - Milchwerke' doch wohl niemand. Der Leitende Ingenieur Dr. Miroslaw Kubicka und Personalchef Wiebert, aber bei beiden sehe ich kein Motiv."

Wir würden uns später darum kümmern müssen. Aber erst kümmerte ich mich mal um Leni.

„Heiner, ich bin im Blut ausgerutscht und hingefallen. Habe erst gedacht, es sei Motorenöl."

Leni sah total hilflos aus, wie sie mit ihren ausgestreckten roten Händen da saß.

„Es kommt gleich frische Kleidung für dich. Komm ins Haus, dich waschen."

Ich zog die Rollläden in der Küche hoch und Leni wusch sich mit Seife und Scheuermittel die Hände. Dann suchte sie in der Wohnung und kam schließlich eingewickelt in eine Wolldecke zurück. In der Hand hielt sie eine Plastiktüte mit ihrer verschmutzten Kleidung.

Es dauerte über eine Stunde, bis die Kollegen kamen. Drei Mann vom Erkennungsdienst des

Polizeipräsidiums in Trier, vorneweg Heinz Peters, ein guter Kollege von mir. Wir hatten schon manche Schlacht geschlagen.

„Im Schuppen, da hinten!“ Ich zeigte in die Richtung. „Habt Ihr Kleidung für Leni mitgebracht?“

„Haben wir doch versprochen“, hörte ich die Stimme von Emmerich und drehte mich um. Leni war sofort aufgesprungen und eilte mit der Ersatzkleidung nach nebenan.

Hinter Emmerich betrat Susi die Küche, schaute sich um und folgte Leni. Das war gut, ein Gespräch unter Frauen konnte die Welt wieder in Ordnung bringen.

„Was bahnt sich hier an, Heiner?“, fragte Emmerich mit gerunzelter Stirn. „Weißt du, ich wundere mich, dass keine weiteren Vergiftungen bekannt werden. Und ich frage mich, wieso gerade in Zwickau ein Fall publik geworden ist. Warum gerade in Zwickau, so weit von hier weg?“

„Zwickau liegt doch an der polnischen Grenze, so weit ich weiß.“

„Glaubst du, das hat was zu bedeuten?“

„Ich weiß es nicht. Noch nicht. Aber ich habe das Gefühl, da will uns jemand an der Nase herum führen!“

„Du glaubst ...?

„Ich glaube gar nichts, aber ist es nicht seltsam, dass nur ein weiterer Fall von Milchverunreinigung existiert und der noch in so weiter Ferne. Das stinkt doch nach einem Ablenkungsmanöver.“

„Wenn du Recht hättest, würde das bedeuten, dass wir kaum weitere Fälle erwarten müssten. Jetzt denke aber mal logisch. Hier in Idar-Oberstein ist ein schwerer Vergiftungsfall bekannt geworden. Mit Sicherheit hat es auch manch anderen Kunden erwischt, aber da wird die Dosis nicht so hoch gewesen sein.“

„Du meinst, die hätten zu Hause gekotzt und die Sache dann als erledigt betrachtet?“

„Wie viele Lebensmittel werden verzehrt, obwohl sie nicht mehr in Ordnung sind? Denk doch nur an die Gammelfleisch-Affairen. Wie viele Beschwerden sind dir bekannt? Vielleicht müssen wir umdenken. Stell dir vor, man wollte niemanden umbringen, sondern hat es darauf angelegt, der Herstellerfirma zu schaden. Das würde dann bedeuten, dass der Tod des Landstreichers ein Versehen war.“

„Oder eine gewollte Ausnahme! Nicht der Tod des Landstreichers, sondern der Tod irgendeines Menschen.“

„Aber es bleibt die Frage: Wer hat ein Interesse daran, der Firma zu schaden?“

„Vielleicht eine andere Firma!“

Emmerich und ich drehten uns wie auf Kommando um. Leni und Susi standen in der Tür. Ich musste unwillkürlich grinsen. Leni hatte ihre neue, von Emmerich mitgebrachte Kluft angelegt, Hemd und Hose einer Polizeiuniform. Das Hemd war Leni etwas zu klein, was sich nicht unbedingt als unvorteilhaft erwies. Prall zeigte sich die Weiblichkeit ihres Oberkörpers und die Hose legte sich ebenfalls fest um Lenis Allerwertesten.

„Steht dir gut“, sagte ich mit einem Grinsen, das sich nicht vermeiden ließ. Leni sah an sich herab und schien verlegen.

Ich lenkte von der Situation ab.

„Was für eine andere Firma?“

„Eine Firma, die die gleichen Produkte herstellt, ein Konkurrenzunternehmen, oder ist das so abwegig?“

„Ich kann mich mit diesem Gedanken nicht anfreunden“, meldete sich Emmerich. „Aber wie auch immer. In Idar-Oberstein wurde vor rund fünf Jahren ein Molkereibetrieb gegründet. Der hat sich eigentlich seitdem kaum weiterentwickelt, ist nie expandiert. Aber unangenehm aufgefallen ist er nie, jedenfalls nicht in polizeilicher Hinsicht. Ein normaler Betrieb wie viele andere auch. Natürlich mit einem kleineren Kundenstamm."

„Beliefert diese Molkerei auch Supermärkte?"

„Nein, kann ich mir nicht vorstellen, ich glaube eher, die beliefern kleinere Läden in der Region. Also auf keinen Fall eine Konkurrenz für die Hunsrück-Milchwerke."

„Wir werden auf jeden Fall dort mal vorbeischauen. Wie weit sind eigentlich die Kollegen?"

Ein paar Minuten später kam Peters zu uns ins Haus.

„Ihr könnt jetzt rein. Sind keine Spuren mehr zu verwischen. War schon eine brutale Tat. Man hat dem Mann, vermutlich mit einem scharfen Messer, die Kehle durchschnitten, fast bis zum Wirbel. So etwas passiert nicht im Streit, das war geplant. Was die Spuren angeht, können wir fast alles vergessen. Fingerabdrücke auf rauem Holz: negativ. Fußspuren: nur die des Opfers. Die Kollegen suchen noch vor dem Schuppen. Also, ich vermute folgenden Tathergang: Das Opfer hat draußen, vor seinem Schuppen gearbeitet, als der todbringende Besuch kam. Er wollte weglaufen, doch die Täter haben ihn vor dem Schuppen eingeholt und ihm die Kehle durchgeschnitten. Das Opfer hat sich noch in den Schuppen geschleppt, wo es dann fast gänzlich ausgeblutet ist."

„Dann werden wir uns jetzt mal im Haus umsehen, bis der Doktor und der Leichenwagen eintrudeln."

Die Durchsuchung des Hauses von Schäfers brachte uns keine neuen Erkenntnisse, obwohl wir alle Räume zu viert auf den Kopf stellten. Immer wieder musste ich zu Leni hinübersehen, die in ihrer halben Uniform, im Polizeijargon „Räuberzivil", einen ungewohnten Anblick bot. „Hast du nichts zu tun?“, blaffte sie mich an, als sie sah, wie ich sie bei ihrer Arbeit beobachtete. „Uniformen scheinen es dir ja besonders anzutun!“

„Na ja, die Kollegen, mit denen ich es bisher zu tun hatte, waren da nicht so auffällig!“

Leni streckte mir ihre Zunge heraus und widmete sich wieder ihrer Arbeit. Wir durchsuchten die Räume, den Keller, die Toiletten, nichts! Keinerlei Anhaltspunkte auf Ungereimtheiten im Leben von Schäfers, keine Hinweise auf die Täter, keine Indizien, die auch nur auf ein Motiv für die Tat schließen ließen.

Wir sahen uns den Toten nochmals an. Mehr, als dass Schäfers tot war, konnten wir auch nicht feststellen.

Mittlerweile war auch der informierte Arzt hinzugekommen. Dr. med. Lüttich, so stellte er sich vor, hantierte an dem Toten, um uns dann mitzuteilen, dass der nicht mehr lebte. Es klang in dieser Situation, wie es immer klang, wenn ein Arzt den Tod feststellte.

„Da kann man nichts mehr machen. Exitus, der Mann ist tot.“

Im Westen nichts Neues, konnte ich dazu nur sagen. Dafür hätten wir keinen Arzt gebraucht. Stimmt natürlich nicht. Denn, es muss doch auch alles seine Ordnung haben. Solange der Tod eines Menschen nicht festgestellt ist, kann man den Beteiligten immer noch die berechtigte Frage stellen, „Hätte man ihn nicht retten können? Warum habt ihr nichts getan?“ Und so weiter.

Also ist das Ritual des herbeigerufenen Arztes doch ein unbedingtes Zeichen dafür, dass er die alleinige Verantwortung übernimmt. Aber, was weit wichtiger ist, ist die Frage, woran der Mensch verschieden ist. Ist ein Mensch beispielsweise ertrunken oder war er schon vor dem Eintauchen in das Wasser tot? War ein Sturz auf der Treppe

Schuld oder war es ein Herzinfarkt? Alle diese Aussagen erhofft man sich von dem Arzt, der zu den jeweiligen Todesfällen hinzugezogen wird.

Auch hier passieren Fehler, zugegeben. Aber deshalb gibt es eine weitere Möglichkeit der Feststellung der genauen Todesursache. Die Obduktion, auch Autopsie. Leichenöffnung oder Sektion genannt. Die erst bringt die absolute Wahrheit ans Licht, nämlich die genaue Todesursache. Daran führt kein Weg vorbei.

Laut Statistik ist der Prozentsatz der Todesfälle, die ein Fremdverschulden beinhalten und dennoch als natürlicher Tod abgelegt sind, enorm hoch. Kein Wunder, dass immer wieder gefordert wird, Obduktionen zum obligatorischen Ritual eines Todesfalles zu machen, wie es bereits in vielen Ländern praktiziert wird.

Schäfers wurde in die Gerichtsmedizin von Idar-Oberstein gebracht, wir schlossen die Tatortarbeit ab und fuhren zurück zur Dienststelle.

Leni war froh, sich wieder in vertraute Klamotten werfen zu können und gemeinsam mit Emmerich und Susanne Quarto genehmigten wir uns am Abend noch ein Bier in einer gemütlichen kleinen Kneipe in der Innenstadt.

„Ich kann einfach keinen Zusammenhang sehen. Hat der Mord an Schäfers etwas mit den Milchverunreinigungen zu tun? Wenn ja, wo sind die Verbindungen? Was wir wissen, ist doch nur, dass Schäfers bei den ‚Hunsrück-Milchwerken' gearbeitet hat und wegen Unzuverlässigkeit entlassen wurde. Warum wurde er umgebracht. Wo sind die Zusammenhänge, die ich nicht sehen kann?“

„Vielleicht hat der Mord überhaupt nichts mit unserem Fall zu tun“, warf ich ein. „Vielleicht ist die Beziehung zu der Wasserleiche, wie hieß der Mann noch, ach ja, Jelinek, ganz anderer Art, wie wir uns das einreden.“

„Aber die beiden haben sich gekannt“, sagte Susi Quarto. „Das ist Fakt. Welch eine Art der Verbindung könnte das denn sonst gewesen sein, wenn sie nicht in unseren Fall hineinspielt?“

„Eine Aufgabe wäre noch zu erledigen“, warf ich ein. „Einer von uns müsste die Nachbarschaft von Schäfers befragen. Über seine Person, über seinen Umgang, alles, was man als Nachbarn so weiß.“

„Susi und ich werden das übernehmen“, sagte Emmerich.

„Was ist denn eigentlich mit dem Winzerbetrieb, dessen Name auf dem Zettel, der bei Jelinek gefunden wurde, aufgeführt war“, meinte Leni und setzte ihr Weinglas ab. „Lasst uns doch einfach mal dort ansetzen!“

12. Kapitel

Auf dem Weingut von Claus Rehlinger in Trittenheim herrscht reger Betrieb. Es ist die Zeit der Weinlese, die Trauben sind prall mit Sonne und dem edlen Saft angefüllt, der, wie die bisherigen Jahrgänge, in alle Welt verkauft werden soll.

Die Weinkellerei Rehlinger ist ein Traditionsunternehmen, das sich über Generationen nur dem Einen verschrieben hat, der Produktion besten Weins. Goldene und silberne Prämierungen sind für den Betrieb schon obligatorisch und an den Wänden des Probierkellers sind die Beweise der redlichen Winzerkunst in Reih und Glied zu bewundern.

Noch wenige Minuten, dann werden die nächsten Fuhren eintreffen. Trecker mit Anhängern, voll geladen mit den schönsten und süßesten Trauben seit Jahren. Winzermeister Rehlinger ist zufrieden ob der Ernte in diesem Jahr. „Es wird ein guter Jahrgang,“ hatte er vorausgesagt und er weiß, dass er Recht behalten hat.

Doch er und seine Familie alleine hätten die diesjährige Ernte nicht schaffen können. Er hat lange nach Hilfe gesucht und schließlich zwei Erntehelfer aus Polen gefunden. Über Bekannte vermittelt, über Winzerkollegen. Man muss heute auf ausländische Erntehelfer zurückgreifen, das ist nun mal so. „Hier findest du keine Kraft, die sich im Weinberg die Hände schmutzig machen will", hatten seine Kollegen gesagt. Das war für ihn nichts Neues. Diese Erfahrung hatte er in den vergangenen Jahren schon des Öfteren gemacht.

Was ihn am meisten schockiert hatte, war die Tatsache, dass angesprochene Arbeitslose ihm die kalte Schulter gezeigt hatten. „Warum sollen wir eine solch schwere Arbeit annehmen. Mit unserem Arbeitslosengeld oder der regelmäßigen Sozialhilfe bestreiten wir unseren Unterhalt ohne große Mühe. Solange man uns lässt."

Und man ließ sie. Man ließ sie lange. Schon in Gedanken daran schüttelt Rehling den Kopf mit den weißen Haaren, will die Gedanken, die ihn anwidern, verscheuchen. Bald wird er sich zur Ruhe setzen, dann werden seine Söhne den Betrieb übernehmen. Aber auch die werden es nicht alleine schaffen. Zur Erntezeit müssen Helfer her, das ist schon seit Jahren so.

Zwei polnische Erntehelfer sind nun schon seit einigen Wochen bei ihm. Volle Kost und Logis und ein paar Euro, die sie dabei sparen und mit nach Hause nehmen können.

Aber Rehlinger sieht schwere Zeit auf den Winzerberuf zukommen. Immer mehr wird die Weinbaupolitik von der EU-Kommission in Brüssel bestimmt. Neuester Plan ist es, die europäische Weinmarktordnung zu reformieren, denkt er. Wie die sich das nur vorstellen?

Viel Geld floss in den vergangenen Jahrzehnten in sogenannte Weinvernichtungsmaßnahmen, wobei riesige Mengen Wein für viele Steuergelder zu Alkohol destilliert wurden. Und nun will die EU auch noch die Rodung von Weinbergsflächen fördern.

Und noch ein weiterer Vorschlag steht im Raum Das Anpflanzungsverbot soll aufgehoben werden. Dann könnte in allen Teilen Deutschlands Wein angebaut werden, Wein, der nie die Qualität des Berganbaus hätte.

„Wie soll es dann mit uns, den Moselwinzern weitergehen? Mich betrifft das sicherlich nicht mehr, aber meine Söhne müssen sich damit auseinandersetzen."

Rehlinger verdrängt die Gedanken. „Vielleicht kommt es ja auch anders, ganz anders. Wir müssen abwarten," denkt er.

Schon hört er das Brummen der Motoren der Unimogs und kurz darauf Menschenstimmen. In den Hof fahren die beiden Lesewagen ein, voll mit dicken saftigen grün-gelben Weintrauben.
Als der Wagen hält, springen zwei kräftige Gestalten von der Zugmaschine. Rehling geht auf sie zu.

„Sieht ja gut aus, was ihr da mitbringt", sagt Rehlinger und geht auf die Männer und den voll beladenen Wagen zu.

Die Leute haben gut gearbeitet. Aber dennoch, die beiden Gestalten gefallen ihm nicht so richtig. Keine Vorurteile haben, denkt er, aber immer wieder drängt sich ihm der Gedanke auf, dass eine gewisse Verschlagenheit die beiden Erntehelfer beherrscht. Pjotr Kiverna und Franticek Jacek, das sind die Namen der beiden Mittdreißiger. Sie kommen aus Polen, woher genau dort, weiß er nicht. Ist ihm auch egal. Hauptsache, sie können arbeiten und sie lassen sich nichts zu Schulden kommen.

Rehlinger braucht sich keine Vorwürfe zu machen. Alles hat seine Ordnung, beide sind ordnungsgemäß gemeldet und werden nach der Lese wieder in ihr Land zurückkehren.

„Chef, Pjotr und ich wollen frieher gehen heute. Missen was erledigen. Ist meglich?“, fragt der Größere der beiden, während sich Pjotr im Hintergrund hält.

„Das ist jetzt schon das dritte Mal in dieser Woche, dass Ihr eure Arbeit früher verlasst. Franticek, wir brauchen eure Hilfe, darum haben wir Euch eingestellt. Was ist denn so wichtig, dass Ihr heute schon wieder weg wollt?“

„Ist das letzte Mal, Chef. Muss heite sein. Haben Verabredung.“

Rehlinger schaut die beiden an, die offensichtlich keinerlei Gewissensbisse haben, wenn sie die Arbeit der Familie alleine überlassen, dann betrachtet er die beiden Fuhren. Nein, so haben wir nicht gewettet, denkt er. Heute greife ich durch. Entweder sie bleiben, oder sie können für immer gehen. Er wendet sich an Franticek.

„Ihr könnt beide gehen, wenn die Trauben abgeladen und in den Kelter gegeben worden sind. Den Rest machen wir dann ausnahmsweise alleine. Früher kann ich Euch auf keinen Fall entbehren.“

Rehlinger sieht das Blitzen in den Augen von Franticek. Der kalte Blick seines Gegenübers lässt Rehlinger innerlich erschaudern. So hat er Franticek noch nie gesehen. Gott sei Dank, ist die Weinernte bald zu Ende. Dann wird er froh sein, wenn die beiden wieder zurück in ihr Land reisen. Doch Rehlinger will nicht klein beigeben. Das habe ich nicht nötig, denkt er. Ich bin ihr Arbeitgeber und noch ist Arbeitszeit. Ich werde es darauf ankommen lassen.

„Ihr könnt von mir aus früher Feierabend machen“, sagt er und versucht, seiner Stimme einen festen Klang zu geben. Nur keine Unsicherheit zeigen, sonst kommt es noch zu einem längeren Kräftemessen. „Aber erst muss die Arbeit gemacht werden. Dafür habe ich Euch eingestellt und ohne Euch kommen wir heute nicht zurande."

„Wir haben Termin. Müssen sofort los!"

„Wenn Ihr das tut, könnt Ihr Eure Papiere abholen. Dann will ich Euch hier nicht mehr sehen!"

Franticek dreht sich kurz um zu seinem Kumpanen Pjotr. Der zuckt die Achseln.

„Wir können arbeiten, wenn wir zurück", sagt Franticek schließlich. „Ja, wenn wir zurück."

„Das kann ja wohl nicht wahr sein", ereifert sich Rehlinger, dem in seiner langjährigen Berufserfahrung ein solches Verhalten noch nicht untergekommen ist. „Wenn ich diese zwei Männer heute loswerde, dann ist das ein äußerst ungünstiger Moment. Andererseits, ich traue den beiden auch noch Gewalttätigkeiten zu. Deshalb ist es vielleicht doch besser, dass sie verschwinden.. Je eher, desto besser."

„Entweder Ihr bleibt, oder Ihr könnt Euch Eure Papiere abholen. Wenn Ihr uns mit dieser ganzen Arbeit sitzen lasst, dann lege ich keinen Wert mehr auf Eure Hilfe. Das ist mein letztes Wort!"

„Wir gehen!" Franticek dreht sich zu seinem Kumpanen und ruft ihm etwas in polnischer Sprache zu. Mit einem vernichtenden Blick verlässt Franticek, gefolgt von Pjotr, das Gelände des Weingutes.

„Was war denn das jetzt?" Kellermeister Rudolf Bohning hat die letzten Worte mit angehört und schlurft kopfschüttelnd heran. Bohning ist ein Urgestein der Firma und lenkt seit über dreißig Jahren die Geschicke in den Weinkellern. Er schaut den davoneilenden Männern nach und runzelt die Stirn unter seinem grauen Haupthaar. Er reibt sich die vom Most feuchten Hände an der Schürze, die sich über seinem kräftigen Bauch spannt, trocken und schüttelt den Kopf über soviel Unverfrorenheit.

Rehlinger weiß das Wissen und auch die Loyalität des Kellermeisters gegenüber seinem Arbeitgeber zu schätzen. Wenn jemand den absoluten Durchblick hat, dann er.

Aber auch für Bohning sind die Tage hier gezählt. In drei Monaten wird er fünfundsechzig. Dies ist seine letzte Traubenlese in dem Betrieb, der für ihn inzwischen zur Familie geworden ist.

„Sie sind weg!“, sagt Rehlinger, der den Abgang der beiden noch nicht richtig verdaut hat. „Sie werden wiederkommen, denn ihre Papiere haben sie nicht abgeholt. Mir wäre wohler, sie hätten es getan. Dann wären wir sie für immer los. Ich habe kein gutes Gefühl, was die beiden anbelangt.“

„Das ist doch eine verdammte Sauerei. Die wissen doch, dass wir auf sie angewiesen sind. Dort stehen die vollen Wagen, die Trauben müssen gekeltert und der Most gefiltert werden. Vom Abfüllen in die Fässer ganz zu schweigen.“

„Wir müssen es eben alleine schaffen. Je eher wir damit beginnen, umso besser!“

13 Kapitel

„Die Q“, stand in großen weiß-blauen Lettern über dem Eingang des Molkerei-Unternehmens am Rande der Stadtgrenzen von Idar-Oberstein. Damit auch gleich jeder verstand, was genau gemeint ist, war dieses „Q“ auf die Zeichnung einer rot-braunen Milchkuh aufgebracht. So klein, wie Emmerich das Unternehmen geschildert hatte, war es allerdings augenscheinlich nicht.

Ein großes Rolltor und eine Pförtnerloge bildeten den Einfahrtsbereich, dem sich ein großer freier Platz anschloss. Im Anschluss daran gab es zwei nicht allzu große Fabrikationshallen und eine Laderampe, an der ein Lastwagen mit Anhänger anstehen konnte. Das Bürogebäude hatte die Größe eines zweistöckigen Hauses.

„Hier wird doch nicht nur für Tante-Emma-Läden produziert“, meldete sich Leni, nachdem wir unser Fahrzeug auf dem Firmengelände geparkt hatten und ausgestiegen waren. „Das kann mir doch keiner erzählen.“

„Hier ist Parken verboten!“, ertönte plötzlich eine sonore Männerstimme. Leni und ich drehten uns um und sahen einen Mann um die Sechzig in blauer Hose, hellblauem Hemd und dunkelblauer Mütze auf uns zukommen, Offensichtlich der Pförtner, dachte ich überflüssigerweise.

„Die Parkplätze sind nur für Betriebsangehörige. Sie müssen da hinten parken, wenn da noch was frei ist. Glaube ich aber nicht.“

„Wissen Sie was“, lächelte ich den pflichtbewussten Mann an. „Dann werden wir ganz einfach hier stehen bleiben.“

Der Mann holte Luft und hub an, uns zu erklären, wer hier das Sagen hat. Ich kam ihm zuvor.

„Wir sind von der Kriminalpolizei. Wir wollen nur kurz mit der Geschäftsleitung sprechen“, sagte ich. „Wissen Sie, wenn wir jetzt kurzfristig einen Einsatz erhalten, müssen wir sofort losfahren können. Das werden Sie doch verstehen?“

„Das ist was anderes. Natürlich können Sie hier stehen bleiben. Solange Sie wollen. Aber Sie glauben nicht, wie viele Leute unseren Parkplatz benutzen, um sich für längere Zeit in die Stadt zu verdrücken. Wenn ich da die Augen nicht überall hätte, ach Gott…!“

„Würden Sie uns freundlicherweise anmelden. Mein Name ist Spürmann, das ist meine Kollegin Schiffmann.“

Leni lächelte den Mann freundlich an und als Kavalier alter Schule lässt man Damen nicht warten. Der Pförtner drehte sich auf dem Absatz um und ich hörte bei der Kehrtwendung noch sein militärischen „Jawoll, wird gemacht!"

Im Gegensatz zu unserem Besuch bei den Hunsrück-Milchwerken brauchten wir nicht lange zu warten.

„Erster Stock, Zimmer 11, Herr Dr. Hubertus van Heyding erwartet Sie. Dr. von Heyding ist unser Direktor"

„Ein Doktor als Chef dieser Firma!" Leni war beeindruckt.

„Und offensichtlich ein Holländer!"

„Die bekanntlicherweise mit Milchprodukten vertraut sind."

„Sie sind die ersten Polizeibeamten, die diese Räumlichkeiten seit Bestehen der Firma, und das ist immerhin schon fast fünf Jahre her, betreten. Eigentlich bin ich stolz darauf. Aber er muss ja nichts Negatives bedeuten, ich meine Ihr Besuch?"

Van Heyding machte einen sympathischen Eindruck. Man merkte ihm seine Herkunft, die niederländische Aristokratie, wohlan, aber er schien in keiner Weise damit zu kokettieren. Ich schätzte den Mann auf runde sechzig Jahre, er war schlank und stellte schon etwas dar mit seinen weißen Haaren, die er knapp über die Ohren wachsen ließ, mit der schwarzen Hornbrille, einer modernen Form allerdings und, was ihn besonders sympathisch machte: sein gütiger Blick und sein zufriedener Gesichtsausdruck. Der Mann hatte offensichtlich nur gute Zeiten erlebt, oder aber er hat immer alles gut verdauen können. Positives Karma sozusagen.

„Nun, ja, der Anlass ist eigentlich nicht gerade erfreulich. Inwieweit das aber mit Ihrem Betrieb zu tun hat, werden wir sehen", sagte ich und kam sofort zum Punkt.

„Ihr Konkurrenzunternehmen, die ‚Hunsrück-Milchwerke' hat derzeit weniger Grund zum Lachen als Ihr Unternehmen. Ich nehme an, Sie lesen Zeitung?“

„Ja, eine unangenehme Geschichte, ich habe die Angelegenheit verfolgt. Wie kann ein Mensch nur so was machen? Das ist ja eine absolute Gewissenlosigkeit!“

„Wir glauben, dass die Verunreinigungen der Milch, beziehungsweise der einzelnen Tetra-Packs außerhalb der ‚Hunsrück-Milchwerke' durchgeführt wurden. Wir sind der Ansicht, dass irgendjemand ein Interesse daran hat, der Firma zu schaden, sie in ein schlechtes Licht zu setzen.“

„Und da kommen Sie zu uns. Haben Sie einen Verdacht gegen uns, einen berechtigten Verdacht?“ Van Heyding war aufgestanden und sah erst Leni, dann mich an. „Wir sind zwar ein verhältnismäßig kleines Unternehmen, aber wir sind ein ehrliches, ein redliches. Haben Sie einen Grund, Ihre Ermittlungen in unser Haus einzubringen?“ Leni hatte bisher die ganze Zeit geschwiegen.

„Wo würden Sie denn beginnen? Ein Konkurrenzunternehmen in einer solch geringen Nähe wie das Ihre, da drängt sich doch zumindest der Gedanke auf.“

„Wir wollen niemanden in Ihrem Unternehmen beschuldigen“, übernahm ich wieder das Wort. Allerdings werden wir unser Augenmerk auch in Zukunft in Ihre Richtung lenken. Wir müssen verhindern, dass es zu weiteren Vergiftungen kommt.“

„Das sehe ich ein“, sagte van Heyding kleinlaut und griff zum Telefonhörer. „Herr Kiesewetter, kommen Sie doch bitte mal rüber!“ Er drehte sich zu uns. Sein Gesicht war sorgenvoll, ich hatte den Eindruck, ehrlich sorgenvoll.

„Alexander Kiesewetter ist der Leitende Ingenieur in unserem Unternehmen. Er ist verantwortlich für die marktwirtschaftlichen Aspekte, für Logistik und Mehrung der Lieferadressen. Wir haben unseren

Betrieb in den vergangenen Jahren bewusst langsam aufgebaut. Aber nun wird es Zeit zu expandieren und uns auch an die ganz großen Konzerne zu trauen. Wir beabsichtigen, in das große Geschäft einzusteigen, genauer gesagt, wir wollen auch Deutschlands große Lebensmittelketten beliefern. Und glauben Sie mir, das ist gar nicht so einfach."

Es klopfte und ein Mann um die Vierzig betrat den Raum. Ich konnte es nicht begründen, aber der Mann war mir von Anfang an suspekt. Und nicht nur das. Er war mir unsympathisch. Keine Vorurteile, sagte ich mir, Heiner, sei nicht voreingenommen. Was Vorurteile angeht, hatte ich zu mir selbst ein differenziertes Verhältnis. Ich war in der Vergangenheit so oft über Vorurteile gestolpert, hatte aber meine Ansichten innerhalb kürzester Zeit revidieren müssen und nahm mir bei jeder zweifelhaften Begegnung vor, erst einmal alles auf mich zukommen zu lassen und mir mit der Beurteilung von Menschen Zeit zu lassen. Heute fiel es mir schwer. Und wieder mahnte ich mich zur Vorsicht.

„Herr Kiesewetter, unser Leitender Ingenieur", wiederholte sich van Heyding, indem er den Mann vorstellte und sich gleich an ihn wandte.

„Die Herrschaften von der Kripo ermitteln in der schrecklichen Angelegenheit von Milchvergiftungen."

„Was haben wir damit zu tun?" Eine leichte Aggressivität hatte sich in seine Frage eingeschlichen.

„Wir hoffen, dass Sie nichts damit zu tun haben", entgegnete ich. „Aber ein Motiv wäre doch für ‚Die Q' nicht so abwegig. Jemand anderem zu schaden, um selbst gut dazustehen, das wäre doch ein Motiv, oder?"

„Ich glaube, wir können unseren Weg auch gehen, ohne uns strafbar zu machen. Oder haben Sie etwa

Beweise? Oder zumindest konkrete Anhaltspunkte? Einen Durchsuchungsbeschluss? Vielleicht haben Sie ja schon einen Haftbefehl für Herrn van Heyding oder für mich?“

„Nichts dergleichen.“ Ich war aufgestanden und baute mich vor Kiesewetter auf. Ich sah ihm in seine listigen Fuchsaugen und war richtig froh, dass ich um ein, zwei Zentimeter größer war als er. „Wir haben weder einen Durchsuchungsbeschluss noch einen Haftbefehl. Aber was nicht ist, kann ja noch werden. Glauben Sie mir, wir werden nicht untätig sein!“

Wir verabschiedeten uns von van Heyding, der mit hängendem Kopf da stand, als hätte er eine Niederlage hinnehmen müssen. Kiesewetter nickte ich nur kurz zu. In der Tür drehte ich mich noch einmal um.

„Kennen Sie einen Helmut Schäfers aus Weilersberg?“ Ich stellte die Frage und sah Kiesewetter dabei direkt an.

„Nein! Sollte ich?“, war seine knappe Antwort.

„Wir sehen uns sicherlich wieder!“ Mit dieser letzten Bemerkung verließen wir das Firmengelände und es war auch allerhöchste Zeit. Ich brauchte frische Luft. Und mein Tinnitus hatte sich wieder gemeldet. Das machte er immer dann, wenn ich im Begriff war, mich aufzuregen.

Und er sollte noch weitere Gelegenheit dazu bekommen. Als hätte ich noch nicht genug Ärger am Hals, klingelte mein Handy, das heißt, es vibrierte. Er war es schon wieder. Wie eine Filzlaus setzte er sich in meinem Schatten fest und sobald es eine Neuigkeit gab, war er natürlich sofort präsent: Albert Steiner, Reporter des „Trierer Merkur“ und Leiter der Außenstelle in Hermeskeil.

„Steiner, was wollen Sie schon wieder? Ich habe Ihnen in meinem letzten Anruf doch ausreichend Auskunft gegeben!“

„Aber es hat wieder einen Toten gegeben. Das ist schon der dritte“, drängte Steiner. Und meine Leser haben ein Recht darauf, zu erfahren, wo, warum und wie jemand zu Tode kommt. Und vor allem: Es sind doch drei Morde, das sehe ich doch richtig? Also Kapitalverbrechen, die Offizialdelikte sind. Und Offizial bedeutet Öffentlichkeit, bedeutet also, dass die Öffentlichkeit ein Recht auf Aufklärung hat. Mehr will ich doch gar nicht!“

Steiner hatte Recht. Das musste ich zugeben. Allerdings nur mir selbst gegenüber. Aber was sollte ich dem Reporter sagen? Was konnte ich ihm sagen, das unsere Ermittlungen nicht gefährdete?

„Hören Sie zu, Steiner!“ Mir war da etwas eingefallen.Vielleicht hatte ich Unrecht, aber ich wollte es versuchen. „Stellen Sie in Ihrem Artikel die drei Morde in Zusammenhang. Stellen Sie es so dar, dass die letzten beiden Tötungen Verschleierungstaten gewesen seien. Und schreiben Sie, die Polizei sei guter Hoffnung, die Täter bald zu fassen. Wir wollen doch mal sehen, ob dann nicht jemand nervös wird.“

14. Kapitel

Auf der Dienststelle angekommen, legte mir Emmerich einen Stapel Papiere auf den Schreibtisch.

„Hier haben wir einen großen Teil der Menschen, die ebenfalls von der verseuchten Milch getrunken haben, ermittelt. Nach unserem Aufruf haben sie sich bei der zuständigen Polizei gemeldet. Zum Glück war überall die Dosierung so niedrig, dass außer Erbrechen und Unwohlsein keine Schädigung eingetreten war“, informierte uns der Kollege.

„Das war auch der Grund, warum vorerst niemand eine Anzeige machte. Einmal etwas Verdorbenes, das konnte schon mal vorkommen. Jeder sah halt nur seinen Einzelfall.“

„Welchen Regionen sind die Vorfälle zuzuordnen?“ Susanne Quarto kam mit einem Tablett wohlriechenden Kaffees und verteilte die Tassen vor uns auf dem Schreibtisch von Emmerich.

„Das ist das Seltsame an der ganzen Angelegenheit.“ Emmerich öffnete den Aktendeckel, nahm die Papierblätter, die er einzeln darin aufbewahrte heraus und ließ die Ränder, gleich einem Kartenspiel, über seine Daumenkuppe sausen. „Es spielt sich alles innerhalb der Grenzen des Hunsrücks ab. Genauer gesagt, in fast allen Filialen der ‚Gutkauf-Kette. Allerdings gottlob alle vor der Zeit, als wir die Milch aus den Regalen nehmen ließen.“

Er nahm die einzelnen Blätter heraus und las.

„Die Filialen in Hermeskeil, Kell am See, Wadern, Birkenfeld, Kusel, Kastellaun, Rheinböllen, Bernkastel und so weiter, nur um einige zu nennen.“

„Also können wir davon ausgehen, dass die Waren alle aus den Regalen genommen wurden“, stellte ich erleichtert fest.

„Ja, alle aus dieser, ich nenne es mal Vergiftungsserie. Die nächsten Lieferungen sind natürlich wieder eingelagert.“

„Hat sich etwas über den Bekanntenkreis von Schäfers ergeben?“, wollte Leni wissen. Diese Aufgabe der Ermittlungen hatten Werner und Susanne auf sich genommen und waren wieder nach Weilersberg gefahren. So ist das halt mit den Ermittlungen auf dem Lande. Da bleibt es nicht aus, dass man mehrmals am Tag eine Menge Kilometer hinter sich legen muss, oftmals die gleiche Strecke.

Emmerich blätterte in seinem Notizbuch. „So klein, dass sich die Menschen um ihre Nachbarn und ihr Leben kümmern, ist Weilersberg nun auch wieder nicht. Aber auch nicht so groß, dass einer den anderen nicht kennt, wie das in großen Städten oft der Fall ist. Schäfers hat offensichtlich in den letzten Tagen des Öfteren Besuch von zwei, manchmal auch drei Männern gehabt. Personenbeschreibungen negativ. Mittleres Alter, dunkelhaarig, alle drei. Mehr war nicht zu erfahren."

„Und am Tattage? Wurde jemand von diesen Männern gesehen?"

„Keine Erkenntnisse, leider!"

Im Moment drehten wir uns auf der Stelle. Obwohl, da waren noch einige Fakten, die dringender Überprüfungen bedurften.

„Wer geht zur Obduktion von Schäfers? Werner, könntet Ihr beide das übernehmen? Ich würde mit Leni gerne den Winzerbetrieb aufsuchen, dessen Name auf dem Zettel von Jelinek notiert war."

Die Fahrt von Idar-Oberstein nach Trittenheim glich einer Urlaubsfahrt. Sogar mein alter Wagen schien von der Atmosphäre angesteckt und brummte in gleichmäßigem Rhythmus durch die Landstraßen.

Leni und ich genossen die Fahrt, auch wenn sie dienstlich war. Wir fuhren über Landstraßen, vorbei an den abgemähten Kornfeldern, deren Stroh in riesigen Ballen auf den Stoppelfeldern zurückgelassen worden war. Satter grüner Wald wechselte mit grünen Wiesen, auf denen Obstbäume auf das Ernten der Früchte warteten.

Ich hatte eine Kassette mit meiner Lieblingsband „Toto" eingelegt, nicht sehr laut, denn Leni hatte einen ganz anderen Geschmack. Während „Home of the brave", einer meiner Lieblingstitel ertönte, ging die Fahrt vorbei an Hettenroth, Kirchweiler, Allenbach und Odert. Auf der Höhe sahen wir Heidenburg und bogen ab in Richtung Mosel. Auf der Höhe oberhalb Trittenheims hielt ich an und schaltete den Motor aus.

„Soviel Zeit muss sein, Leni!", sagte ich und stieg aus. Leni folgte mir. Nach etwa zwanzig Metern bot sich uns der Anblick, welcher ein Anziehungspunkt für Touristen, aber auch immer noch für die Einheimischen, ist.

Unter uns offenbarte sich die Moselschleife mit Blick auf Trittenheim, Leiwen und Köwerich. Sogar Klüsserath war in der Ferne zu erkennen. Es war ein klarer Tag mit einer angenehmen Herbstsonne und so erstrahlte das Moseltal in märchenhaftem Glanz. Überall in den Steilhängen der Weinberge war Bewegung zu erkennen.Die Weinlese war in vollem Gange und, wenn man sich auf die fachkundige Auskunft der Winzer verlassen konnte, würde es einen Spitzenwein geben.

Leni schwieg. Sie schaute nur und sog den Anblick in sich auf.

„Es ist wunderschön hier“, sagte sie schließlich. „Hoffentlich wissen die Menschen hier das zu schätzen!“

„Dort unten stehen die Fährtürme, an denen früher das Stahlseil der Fähre befestigt war. Kannst du sie sehen? Hier ganz in der Nähe muss auch irgendwo der ‚Hinkelstein’ stehen, einer der wenigen in unserer Region erhaltenen Menhire. Die gibt es also nicht nur bei Asterix und Obelix in Frankreich. Sie sollen ein Zeugnis der Megalith-Kultur sein, die weit vor keltischer Zeit in ganz Westeuropa herrschte.“

Leni drehte sich zu mir um.

„Woher weißt du das alles?“

„Ich interessiere mich für meine Heimat, das ist alles. Wollen wir weiter?“

Im Ort mussten wir ein paar Mal fragen, bis wir endlich das Weingut von Claus Rehlinger erreichten. Schon als wir in den Hof einfuhren, wusste ich, dass wir uns hier kurz fassen mussten. Fuhren mit gelesenen Trauben standen auf dem Hof und es herrschte ein reges Treiben. Ich konnte mir vorstellen, dass die Weinpresse im Inneren des Keltergebäudes auf Hochtouren lief.

Ich parkte an einer Stelle, wo er kaum im Wege stehen konnte und wir stiegen aus.

„Da kommen wir wohl nicht sehr gelegen", meinte Leni. „Hier geht ja richtig die Post ab. Obwohl, so viele Leute sind das ja auch wieder nicht."

Wir sahen uns einige Zeit das Treiben an. Den Hof schätzte ich auf einen der größten hier in Trittenheim, mit allem, was dazugehört. Hinweisschilder verwiesen auf Übernachtungsmöglichkeiten, Ferien auf dem Winzerhof und eine eigene Destillation gab es auch.

Als einer der Arbeiter an uns vorbeikam, fragte ich ihn nach dem Chef.

„Ach, Sie wollen zu meinem Vater. Ist es wichtig? Sie sehen, wir haben viel zu tun!"

„Wir sind von der Polizei, Kriminalpolizei und hätten uns gerne mit Ihrem Vater unterhalten. Es wird nicht allzu lange dauern."

„Warten Sie hier. Ich werde ihn rufen!"

Es dauerte nicht lange und Rehlinger senior steuerte auf uns zu. So also sah ein Winzer während seiner Arbeit aus, obwohl die Kleidung eigentlich nicht zu seiner Person passte. Rehlinger war einer, den man als seriösen Typen bezeichnen würde. Groß, schlank, Mitte Sechzig, grau-meliertes Haar, leicht gewellt. Darunter ein freundliches, angenehm anzuschauendes Gesicht. Doch, wenn man genau hinsah, konnte man die Spuren eines harten Lebens daraus erlesen.

Anders seine Hände. Die passten eigentlich nicht zu seiner Statur. Es waren kräftige Hände, die verrieten, dass der Boss des Winzerbetriebes sich nicht auf seiner Position ausgeruht hatte, sondern selbst mit anpackte. Das machte ihn umso sympathischer.

Aber die Kleidung! Sie passte nicht zu seinem Äußeren, aber sie passte zu seinen Händen. Unter einer grünen Latzhose trug er ein grün-braun kariertes Hemd, an den Füßen schwere hohe Arbeitsschuhe. In der Hand hielt er eine dunkelblaue Seemannsmütze, die mich an die von Ex-Bundeskanzler Helmut Schmidt erinnerte.

Freundlich, genau so freundlich, wie ich ihn einschätzte, stellte er seine Frage.

„Guten Tag, die Herrschaften. Sie wollen zu mir? Wie kann ich Ihnen helfen?“

„Wir sind von der Kriminalpolizei und ermitteln derzeit in Idar-Oberstein und Weilersberg. Mein Name ist Spürmann, meine Kollegin Schiffmann. Würden Sie uns ein paar Minuten opfern?“

„Ihre Ermittlungen beziehen sich doch hoffentlich nicht auf unseren Betrieb! Gehen wir in mein Büro!“

Wir schritten über den großen Hof des Anwesens. Überall standen Geräte herum, offensichtlich Maschinen zur Weinlese oder zur Bearbeitung des Bodens. Hinter den Mauern, innerhalb der Kellerei hörte ich Maschinen und sah in diese Richtung.

„Dort werden die frischen Trauben gekeltert“, beantwortete Rehlinger meine Frage, die ich gar nicht gestellt hatte. „Wir müssen die Finger rund gehen lassen. Die Ernte ist großartig in diesem Jahr. Aber was nützt das alles, wenn nicht genug Arbeitskräfte zur Verfügung stehen. Meine drei Söhne und der Kellermeister sind derzeit alleine auf sich gestellt. Ich brauche dringend noch einige Leute für diese Saison.“

Wir waren inzwischen an einem separaten Trakt des Hauses angekommen, in dem offensichtlich die Büroräume untergebracht waren. Aber da täuschte ich mich.

Als Rehlinger die Türe öffnete, strömte uns ein angenehmer Geruch von frischem Most, altem Wein und gebrannten Spirituosen entgegen.

Leni sah mich an und nickte anerkennend. Auch ich war angenehm überrascht. Wir befanden uns in einem ungefähr fünfzig Quadratmeter großen

Raum, bestückt mit kräftigen Holzstühlen und -tischen, auf denen zwischen künstlichen Weinreben als Tischschmuck Weingläser auf Servietten gestülpt standen.

Die Wände waren mit Holz getäfelt, bis auf eine Längswand. Die bestand fast in ihrer vollen Größe aus einem Gemälde mit dem Motiv eines Weinbergs und mitten darin dem Gehöft von Rehlinger.

„Das ist unser Raum für Festlichkeiten und Weinproben“, erklärte Rehlinger, der sah, dass es uns der Raum angetan hatte. „Mit guten Bekannten begeben wir uns natürlich in den Weinkeller. Da ist eine ganz andere Stimmung. Aber da lauern auch Gefahren.“

„Gefahren?“

„Ja, Gefahren“, lachte Rehlinger. „Die Temperaturen dort sind sehr niedrig. Wenn die Gäste dann nach dem Konsum einiger Weinflaschen wieder ins Freie, in die Wärme der Natur kommen, dann geschieht es schon mal ab und zu, dass es den einen oder anderen umhaut.“

„Hier oben ist es sehr angenehm“, meldete sich Leni. „Und so freundlich wegen der Farben und der Dekoration.“

„Ja, das muss auch so sein, denn bei uns melden sich, insbesondere im Herbst, zahlreiche Touristen an, die mit Bussen hierher gebracht werden, wissen Sie. Eine Busladung Gäste passt hier hinein zu einer Weinprobe mit einem deftigen Essen. Ich stelle dann die einzelnen Weine aus meinen Weinbergen vor und meine Frau kümmert sich um die Mahlzeit. Das haben wir schon viele Jahre so praktiziert und werden es wohl tun, bis wir die Augen zumachen. Wir leben nun mal davon. Aber nehmen Sie doch bitte Platz! Darf ich Ihnen ein Gläschen Wein anbieten? Zum Bestechen habe ich ja keinen Grund.“

„Das ist lieb gemeint, aber wir müssen noch Auto fahren. Vielen Dank!“

„Du musst noch Auto fahren, Heiner“, sagte Leni und sah mich keck an. Und zu Rehlinger gewandt: „Wenn Sie eins mittrinken, nehme ich gern ein Gläschen.“

Während der Winzer eine Flasche, die auf der Anrichte mit weiteren zahlreichen Weinsorten stand, öffnete, wollte ich zur Sache kommen.

„Wir haben bei einem Toten, den wir aus dem Stausee Talbrück gefischt haben, einen Zettel mit der Anschrift Ihres Weingutes gefunden. Uns würde interessieren, welchen Zusammenhang es da gibt. Vielleicht können Sie uns ja behilflich sein?“

„Meine Anschrift können viele Menschen haben, ich hoffe es sogar, wegen der Werbung, verstehen Sie. In unserem Geschäft zählt der Bekanntheitsgrad. Wie hieß denn der Mann?“

„Jelinek, Wladimir Jelinek, ein polnischer Staatsangehöriger. Es ist doch jetzt die Zeit der Weinlese. Da sind doch viele Polen in den deutschen Weinbergen zu finden. War Jelinek bei Ihnen beschäftigt? In diesem Jahr oder im vergangenen?“

„Der Name sagt mir nichts. Aber wenn Sie sagen, den Toten hätten sie aus dem See geborgen, das habe ich in der Zeitung gelesen, im ‚Trierer Merkur‘, vor ein paar Tagen. Schlimme Sache!“

„Ja, eine schlimme Sache, es war nämlich Mord. Der Mann wurde mit einem Gewicht an den Füßen im See versenkt.“

„Haben Sie ein Foto von dem Mann?“

„Ich habe eines dabei“, sagte Leni. „Im Auto. Ich werde es holen.“

Während Leni nach draußen ging, sah ich mich nochmals im Raum um. Hier spiegelten sich die Tradition des Weinbaus und die Tradition des Hauses an allen Enden wider. Auf der gegenüberliegenden Seite des Gemäldes gab es eine Bildergalerie, offensichtlich die Vorfahren des Unternehmens. Werkzeuge, mit denen man in vergangenen Zeiten gearbeitet hatte, verbreiteten ein besonderes Flair. Dazu passten die beiden Kronleuchter an der Decke, aus echten Rebstöcken gearbeitet. Die Leuchtquellen waren in ein Geflecht von jungen Trieben eingearbeitet, dass man sie gerade mal erahnen konnte.

„Gefällt es Ihnen?", fragte Rehlinger, der aufgestanden war und aus einem Getränkekasten unter dem Tisch mit den Weinen eine Flasche Selterswasser hervorbrachte.

„Ich kann Sie nicht so trocken da sitzen sehen!"
Leni kam und legte das dreiteilige Foto von Jelinek auf den Tisch. Ich schob es Rehlinger hinüber.

„Kennen Sie ihn?"
Rehlinger besah sich das Bild lange.

„Das Gesicht sagt mir nichts. Wenn er irgendwann hier gearbeitet hätte, würde ich ihn erkennen. Ich habe in der Erntezeit meist nur zwei Aushilfskräfte aus Polen auf dem Hof. Nein, tut mir leid."

„Da kann man nichts machen."
Mir fiel da etwas ein.

„Sagen Sie, sagt Ihnen das Pestizid „Novoxin" etwas?"

„Novoxin? Ja, natürlich. Damit haben wir bis vor etwa 10 Jahren noch gearbeitet. Ist inzwischen in Deutschland verboten. Vielleicht wird es in anderen Ländern noch verwendet. Vielleicht in Luxemburg. Von dort fand das Unkrautvertilgungsmittel auf unlauteren Pfaden oft seinen Weg über die Grenze. Wir verwenden es seit damals nicht mehr. Es gibt inzwischen andere Mittel, welche die Umwelt nicht so sehr belasten und ihren Zweck auch erfüllen. Warum fragen Sie?"

„Haben Sie von den Milchvergiftungen in Idar-Oberstein gehört, oder gelesen?"

„Um ehrlich zu sein, wir hatten in den letzten Wochen so viel um die Ohren, dass ich die Zeitungen nur überflogen habe."

„Dann haben Sie auch nicht die Aufrufe in den Medien verfolgt. Radio oder Fernsehen?"

„Nein", antwortete Rehlinger mit einem ungeduldigen Unterton, um dann seine Stirn in Falten zu legen. „Sagen Sie, was wollen Sie hier? Sehen Sie einen Zusammenhang zwischen meinem Betrieb und den Vergiftungen? Sie haben doch sicher einen Grund, hierher zu kommen?"

„Beruhigen Sie sich, Herr Rehlinger. Der Grund ist alleine der Zettel, der bei Jelinek gefunden wurde. Wir müssen jeder Spur nachgehen. Machen Sie sich keine weiteren Sorgen. Aber es ist nicht auszuschließen, dass wir wiederkommen müssen. Der Zettel bei Jelinek muss ja eine Ursache haben."

Rehlinger begleitete uns nach draußen.

„Wie viele Leute haben Sie denn beschäftigt"?, fragte Leni und sah sich auf dem Hof um.

„Wir sind ein traditioneller Familienbetrieb. Meine Frau, meine drei Söhne und ich schmeißen den Laden. Nur in der Erntezeit, da muss ich mir Hilfe suchen. Da in unseren Gefilden ja niemand mehr bereit ist, schwere Arbeiten zu tun, muss auch ich auf polnische Erntehelfer zurückgreifen.

„Sie haben polnische Erntehelfer?", wollte Leni wissen.

„Ich glaube, ich hatte sie. Es sind, oder besser gesagt, es waren zwei. Sie sind gestern einfach abgehauen. Sie wollten vorzeitig vom Hof weg, hätten noch eine wichtige Verabredung, sagten sie. Ich wollte sie nicht gehen lassen, wir befanden uns mitten im Weinkeltern. Doch sie sind einfach gegangen. Ihren Lohn haben sie noch nicht und außerdem haben sie ihre Habseligkeiten noch in dem Zimmer, das ich ihnen zur Verfügung gestellt habe. Deshalb gehe ich davon aus, dass sie irgendwann wiederkommen."

„Würden Sie uns es dann wissen lassen?", hakte ich ein. „Wir würden uns gerne mit den beiden un-

terhalten. Das wäre uns sicher eine große Hilfe. Vielleicht kannten die ja Jelinek."
Rehlinger notierte die beiden Namen und gab mir den Zettel. Ich verschwieg wohlweißlich, dass bei Jelinek Spuren von Novoxin festgestellt worden waren. Ich wollte Rehlinger auch nicht damit belasten. Was er nicht wusste, konnte ihm auch nicht zum Schaden sein.

„Wie schaffen Sie denn ohne Hilfe die Arbeit?", meinte Leni plötzlich. „Ich meine, wenn die beiden nicht zurückkommen."

„In diesem Jahr müssen wir es irgendwie schaffen. Vielleicht finde ich ja noch den einen oder anderen Helfer im Ort oder in einem Nachbardorf. Das nächste Jahr wird besser werden."

„Besser? Wieso das?"

„Sie haben es sicher nicht im ‚Trierer Merkur' gelesen. Da ist eine neue Maschine auf dem Markt. Ein sogenannter Vollerntner. Der erste Steillagen-Vollerntner der Welt, heißt es. Das ist ein Arbeitsgerät, das praktisch über die Reben fährt, eine Reifenspur links, die andere rechts."

„Und diese Maschine pflückt die Trauben?"

„Nicht ganz. Zwei Plastikstäbe, so heißt es, schütteln die reifen Trauben von den Reben. Die fallen in eine Auffangvorrichtung und werden von dort in einen Edelstahlbehälter befördert."

„Und damit erspart man sich die menschlichen Arbeitskräfte?"

„Absolut. Innerhalb weniger Minuten hat der Vollerntner Steilhänge bis zu 60 Prozent Steigung abgeerntet."

„Und der Preis für die Maschine?"

„Steht noch nicht fest. Aber, sehen Sie, meine Söhne sind noch jung und der Betrieb wird weiter existieren. Wir müssen mit der Zeit gehen. Also, ich sehe das jetzt schon auf uns zukommen. Diese Maschine werden wir uns anschaffen müssen."

„Wir wünschen Ihnen viel Glück und viel Erfolg dabei“, sagte ich und öffnete die Fahrertür meines Wagens.

„Vielleicht sehen wir uns ja wieder.“

„Wir können mit unserem Beruf richtig zufrieden sein“, sagte Leni, als wir angefahren waren. „Was diese Leute arbeiten müssen!“

„Ich glaube nicht, dass Rehlinger mit uns tauschen würde. Der Winzerberuf ist sein Leben und er kann genauso wenig aus seiner Haut wie wir.“

15. Kapitel

Kaum auf der Dienststelle in Idar-Oberstein angekommen klingelte mein Handy. Es war Lisa. Lisa, die von der Forstenauer Frauengemeinschaft zu einem Ausflug in die Pfalz eingeladen worden war.

„Hallo, Heiner, ich bin es, Lisa. Ich hab nicht viel Zeit, wir sind hier in Neustadt an der Weinstraße. Haben das Hambacher Schloss besucht und fahren gleich weiter nach Speyer. Wie läuft es bei dir. Denkst du an mich?“

„Ich denke immer an dich, das weißt du doch. Ich hoffe, dass der Fall hier bald abgeschlossen sein wird. Vielleicht kommen wir ja gleichzeitig zu Hause an.“

„Dann musst du dich beeilen. Wir sind nur noch drei Tage unterwegs. Du, das ist wirklich schön hier mit den Frauen von Forstenau. Ich glaube, ich werde auch Mitglied in ihrer Gemeinschaft. Auch schon wegen der Abwechslung.“

„Es freut mich, dass es dir gefällt. Ich freue mich schon auf Dich, Lisa. Du fehlst mir sehr hier.“

„Das wollte ich hören, Heiner. Ich muss auflegen. Wir fahren los. Bis bald und viel Glück für deinen Fall. Kuss.“

Es klickte in der Leitung und mein zu spät ausgesprochenes „Tschüss“ verlief sich in der Sprechmuschel meines Handys.

Verdammt, Lisa fehlte mir tatsächlich. Ich musste diesen Fall zu Ende bringen, möglichst schnell.

„Lisa?“ Leni schaute mich von der Seite an.

„Ja, sie hatte keine Zeit. Der Bus wartete.“

Schon wieder klingelte mein Handy. Vielleicht hatte Lisa was vergessen. Vielleicht wollte sie mir sagen, dass auch ich ihr fehlte.

„Lisa?“

Du liebe Schande. Diese Stimme. Wittenstein!

„Ich bin nicht Lisa, das hören Sie doch. Wer ist Lisa? Haben Sie nichts zu tun als an Frauen zu denken? Spürmann, wo treiben Sie sich eigentlich rum? Man hört und sieht nichts mehr von Ihnen. Sie melden sich nicht. Ist das nun ein gutes oder ein schlechtes Zeichen? Was macht die Aufklärung des Falles? Oder sollte ich sagen: der Fälle?“

„Hallo, Chef!“ Ich fühlte mich plötzlich müde und ausgebrannt. Lisa fühlte sich ohne mich pudelwohl und Wittenstein vermisste mich. Das waren mir ja schöne Aussichten.

„Wir tun unser Bestes, aber die Ermittlungen ziehen sich. Uns fehlen die entscheidenden Anhaltspunkte.“

„Brauchen Sie Hilfe da oben? Soll ich Ihnen noch jemanden schicken? Es muss doch einmal vorangehen. Staatsanwalt Rödel hat mich heute angerufen und nach dem neuesten Stand gefragt. Was soll ich ihm bloß sagen?“

„Dass er sich gedulden muss. Wir sind ein gutes Team hier und brauchen keine Verstärkung. Und wir tun alles für die Aufklärung. Aber es ist gut, dass Sie anrufen. Wir haben einen weiteren Toten. Ich hätte Sie im Laufe des Tages sowieso darüber informiert.“

Ich berichtete Wittenstein vom Tode Schäfers`, wobei ich jedoch die Einzelheiten um die Auffindung wegließ. Ich erzählte ihm von unseren Ermittlungen und hielt ihn hin mit der Begründung, dass noch Ermittlungsergebnisse ausstünden.

Verwundert stellte ich fest, dass Wittenstein irgendwie hilflos schien. Meine Aussagen hatten ihm offensichtlich nicht viel Hoffnung gemacht, über eine baldige Klärung auf seiner Dienststelle berichten zu können. Es fielen ihm offensichtlich auch keine Worte ein, mit denen er mich nach vorne drängen, zur intensiveren Ermittlungsarbeit nötigen könnte, so wie es seine Art war. Er schien einfach hilflos und er tat mir fast leid. Der Redeschwall, der seine Anrufe stets begleitete und das plötzliche Einhalten, weil er wegen seines Asthma-Problems keine Luft mehr bekam, vermisste ich. Ich muss gestehen, es wäre mir lieber gewesen, es wäre dazu gekommen. Es war ein Telefonat der Hilflosen. Verdammt, es musste was geschehen. Für Wittenstein, für mich, für alle Beteiligten!

„Chef, wir werden uns reinhängen, verlassen Sie sich drauf. Wir tun hier alles, was in unserer Macht steht."

„Tun Sie das!", sagte Wittenstein. „Bitte, tun Sie das. Und schicken Sie mir einen schriftlichen Bericht über die bisherigen Ermittlungen. Ich möchte über alles informiert sein. Über alles!"

„Heiner, was ist los?" Leni stand plötzlich vor mir und sah mich fragend an. „Schlechte Nachrichten?"

„Die waren es nur für Wittenstein", entgegnete ich. „Kein Anschiss, nichts. Ich glaube, er hat momentan keine Hoffnung in unsere Arbeit."

„Wir können doch nicht mehr tun als das, was wir bisher getan haben."

„Wir müssen mehr tun. Morgen werden wir beide nochmals nach Weilersberg fahren."

„Nach Weilersberg? Da waren wir doch erst!"

„Ich möchte die Nachbarn von Schäfers sprechen. Alle. Irgendjemand muss doch etwas gesehen haben. Wir müssen jeder kleinsten Einzelheit nachgehen, die sich dann ergibt. Wir müssen es versuchen!"

16. Kapitel

Auf einem dunklen, unbeleuchteten und kaum frequentierten Parkplatz zwischen Idar-Oberstein und Nahbollenbach kommt es an diesem Abend zu einer seltsamen Begegnung.

„Das ist eine bodenlose Stümperei!" Der Mann im dunklen Anzug stampft mit dem Fuß auf den Boden. „Muss man denn alles alleine machen? Wie tief ist eigentlich der Stausee Talbrück? Ein Meter? Zwei Meter? Oder vielleicht doch über zwanzig? Ist es da wirklich nicht möglich, ganze Arbeit zu leisten. Wofür zahle ich eigentlich? Für eine solche amateurhafte Stümperei!"

Der Mann ist außer sich. Sein Gegenüber findet keine Worte, er schaut nur unter sich und zuckt einmal während der auf ihn einprasselnden Vorwürfe hilflos mit der Schulter.

„Wir haben..."

„Was Sie haben, ist mir hinreichend bekannt. Jetzt fehlt nur noch, dass man Verbindungen zu den Vergiftungen der ‚Hunsrück–Milch' knüpft. Aber nicht mit mir! Mit mir nicht!"

„Wir haben die Strömung im See..."

„Was habt Ihr? Die Strömung nicht einkalkuliert? Könnt Ihr denn nicht denken? Das ist doch kein stehendes Wasser! Der See hat einen Zu- und einen Ablauf. Also, warum habt Ihr keine Strömung einkalkuliert? Aber was soll`s? Das ist jetzt nicht mehr zu ändern. Wir werden die Taktik wechseln. Ihr werdet Folgendes tun!"

Der Mann tritt ganz dicht an sein Gegenüber, so dass dieser seinen Atem riecht. Es ist kein wohlriechender Atem, aber der Mann muss ihn wohl oder übel aushalten.

„Ihr werdet Folgendes tun“, wiederholt der dunkel Gekleidete. Sein Gegenüber nickt mehrmals, als der Mann ihm seine Instruktionen zuflüstert. Aber was der Mann sagt, kann niemand außer seinem Gegenüber verstehen, so leise spricht er. Ab und zu nimmt sein rechter Zeigefinger eine drohende Gebärde ein.

Schließlich greift der Mann in die Innentasche seines Jacketts und übergibt seinem Gegenüber ein kleines Päckchen.

Dann endet dieses merkwürdige Treffen. Der Mann im schwarzen Anzug steigt in eine dunkle Limousine und fährt davon, in die Nacht hinaus.

Die zweite Person bleibt noch ein paar Sekunden mit hängendem Kopf stehen, öffnet das Päckchen und zählt ein Bündel Geldscheine nach.

Dann besteigt er sein Fahrrad, das er an einen Baum gelehnt hatte und verlässt ebenfalls den Parkplatz.

Zurück bleibt die Dunkelheit der Nacht und die Heraufbeschwörung einer neuen Gefahr.

17. Kapitel

Die Fahrt nach Weilersberg verlief wenig kommunikativ. Ich hing meinen Gedanken nach und Leni schien sich an der Natur zu erfreuen. Sie sprach mich nicht an, ließ mir meine Ruhe und meine Überlegungen.

Hatten wir etwas übersehen? Hatten wir Fehler gemacht? Warum waren wir noch nicht weiter?

Ich ließ den Fall noch einmal Revue passieren. Ein Landstreicher kauft vergiftete Milch, sein Kumpan trinkt davon und stirbt, an der polnischen Grenze wird ein weiterer Fall bekannt. Das ist die erste Ungereimtheit!

Aus dem Stausee Talbrück wird eine Leiche geborgen. Der Mann wurde ermordet und hatte Spuren des Giftes Novoxin an seinen Händen. Also muss hier ein Zusammenhang mit den Lebensmittelvergiftungen bestehen. Aber welcher?

Helmut Schäfers, ein ehemaliger Mitarbeiter der Hunsrück-Milchwerke wird ermordet, nachdem wir mit ihm gesprochen hatten. Wer hatte ein Interesse an seinem Tod? Steckte Schäfers in der Sache mit drin? Wenn ja, in welcher Art und Weise?

Dann waren da noch die Hinweise der Wasserleiche Jelinek auf das Weingut Rehlinger und auf Schäfers. Also doch ein Zusammenhang! Aber welcher Art? Fragen über Fragen. Und keine Antworten. Noch nicht.

Weder das Radio noch den Kassettenabspieler hatte ich während der Fahrt eingeschaltet und das kommt selten vor. Musik brauchte ich normalerweise als Geräuschkulisse. Aber heute! Ich schaute zu Leni hinüber.

„Was meinst du, machen wir irgendetwas falsch?"

„Wir können nicht mehr tun, als allen Spuren nachzugehen. Und das haben wir doch getan, oder?"

Hatten wir wirklich alles getan? Mir fiel da gerade etwas ein.

„Ruf doch bitte Emmerich oder Susi an. Sie möchten bei der Ex-Frau von Schäfers noch ein paar Ermittlungen anstellen. Mich interessiert, welche Kontakte Schäfers zu der Zeit hatte, als er noch mit seiner Frau zusammen war. Vielleicht weiß die Frau auch über die Zeit nach der Trennung etwas über seine Kontakte. Am besten, sie suchen die Frau persönlich auf."

Während Leni telefonierte, fuhren wir in die Ortschaft Weilersberg ein. In der Nähe des Hauses, in dem Schäfers gewohnt hatte, stellte ich den Opel ab und gemeinsam sahen wir uns die Örtlichkeit an.

„Eigentlich kann doch jeder der Hausbewohner hier sehen, wer das Haus Schäfers betritt oder was sich vor dem Haus abspielt“, meinte Leni.

„Wenn man sich für die Nachbarschaft interessiert, das ist Voraussetzung. Ich würde vorschlagen, wir beginnen bei dem Haus, das dem von Schäfers am nächsten liegt und arbeiten uns so weiter vor. Ich hoffe, dass wir etwas Glück haben.“

Doch Glück stellt sich anders dar. In den ersten drei Häusern, die dem Anwesen Schäfers am nächsten standen, kannten die Bewohner Schäfers nicht einmal. Eine allein stehende Frau hatte ihn zwar schon mal gesehen, als er mit seinem Mofa weggefahren war, aber mehr war da nicht.

„Ich sehe auch schon nicht mehr so gut“, meinte die ältere Dame. „Und meine Beine wollen auch nicht mehr so richtig. Deshalb bleibe ich meist im Haus. Sehen Sie, ich habe Fernsehen und „Kiki“, meinen Wellensittich. Mit ihm fühle ich mich nicht so alleine. Wollen Sie hereinkommen und ihn sich ansehen?“

Wir verabschiedeten uns mit der Begründung, dass noch viel Arbeit auf uns wartete.

Auch die Personen, die Emmerich bereits aufgesucht hatte, trafen wir an. Doch bei ihnen ergaben sich keine Neuigkeiten. Zwei, manchmal drei Männer seien zu dem Mann in dem seltsamen Haus gekommen. Wie die aussahen, konnte man uns nicht sagen. „Darauf haben wir nicht geachtet“, hieß es.

In einer weiteren Wohnung wohnte ein alleinstehender Mann. Er machte auf uns den Eindruck, dass er genug mit sich selbst beschäftigt war. Seine Alkoholfahne und der intensive Geruch nach Tabak und vor allem sein Äußeres, sprachen für diese Annahme.

Im Erdgeschoss desselben Hauses öffnete auf unser Klingeln eine ältere Dame und zeigte sich erfreut, uns zu sehen.

„Kommen Sie bitte herein, meine Schwester und ich warten schon auf Sie.“

Man wartete auf uns? Leni sah mich an und ich zuckte mit den Schultern. Dennoch folgten wir der Frau, ich schätzte sie auf 65 bis 70 Jahre, in die Wohnung. Ihr Gang war hektisch und ihre dunkelgrauen Haare hatten keine Fasson, so als seien sie heute noch nicht gekämmt worden.

„Wen hast du denn da mitgebracht?“, hörte ich die Stimme einer zweiten Frau, die auch sogleich in der Tür des Nachbarzimmers stand. Auch diese Frau schätzte ich auf knapp siebzig. Auch ihr Äußeres war nicht sonderlich gepflegt.

„Die Herrschaften sind gekommen, um uns zu helfen, Martha“, sagte die Dame, die uns die Tür geöffnet hatte.

„Dann bitte sie doch herein, Ilse!“, sagte Martha. Und zu uns gewandt. Meine Schwester ist immer so langsam. Meist muss ich ihr sagen, was sie tun soll, nicht wahr Ilse?“

Ich hatte ein seltsames Gefühl. Und auch Leni schien es nicht anders zu gehen. Wir sahen uns beide in der Wohnung um, die nicht sonderlich aufgeräumt war. Aber was sofort ins Auge fiel, waren die verschlossenen Fenster, die herabgelassenen Läden.

Martha wartete ab, bis wir das Wohnzimmer, oder für was die beiden den Raum immer hielten, betreten hatten und flüsterte uns dann zu:

„Da drüben sind sie, in dem Haus dort. Kommen Sie her! Sehen Sie selbst!“

Ich folge Martha zum Fenster und Leni folgte mir. Hinter Leni kam Ilse. Martha zog den Rollladen ein Stück nach oben.

„Dort in dem Haus wohnen sie. Sie beobachten uns. Sie hören uns ab. Den ganzen Tag. Hören Sie genau hin. Jetzt reden sie wieder über uns."

Jetzt wusste ich, wo wir gelandet waren. In einem Haus, in dem die Einsamkeit über lange Zeit ihr Werk vollendet hatte. Die armen Frauen.

„Die hören uns ab. Die hören alles was wir sagen. Und die beobachten uns. Auch beim Baden und im Schlafzimmer", ereiferte sich Martha. „Aber jetzt sind Sie ja da. Endlich sind Sie da. Wir wussten, dass Sie kommen. Nicht wahr Ilse, wir wussten das schon immer?"

„Ja. Martha, wir wussten das schon immer."

Es begann zu pfeifen. Er war wieder da, mein Tinnitus. Er kam immer, wenn es stressig wurde. Und das hier wurde Stress. Wie kamen wir bloß aus dieser Nummer wieder heraus? Ich sah Leni an. Ich muss sehr hilflos ausgesehen haben. Doch Leni hatte sich total in der Gewalt. Und sie ging auf die Situation ein.

„Wie lange geht das denn schon?", frage Leni. „Und wie, glauben Sie, werden Sie denn abgehört oder beobachtet?"

Martha war hocherfreut, endlich mit jemandem darüber reden zu können, der ihr zuhörte, der sie verstand.

„Das geht schon ein paar Jahre. Es hat angefangen, als mein Mann gestorben ist", sagte Martha und Ilse warf hinter mir stehend ein: „Ich war nicht verheiratet."

Martha nahm das Wort wieder an sich.

„Die haben in unserer Wohnung Abhörgeräte versteckt, verstehen Sie? Aber Sie werden sie finden und dann haben wir Ruhe vor den Leuten."

„Dann wollen wir doch einmal anfangen zu suchen", sagte Leni und begann sofort, sich in der Wohnung umzusehen, immer gefolgt von Martha und Ilse. Ich schüttelte den Kopf, um meine Gedanken zu ordnen. Was war das? Doch Leni drehte sich während der Sucherei zu mir um.

„Komm, Heiner, hilf auch du suchen! Dann haben wir es schneller hinter uns." Ihr Augenzwinkern wusste ich dann zu deuten und tat desgleichen. Ich schaute in Schränke, sah in dem Geschirr im Küchenschrank nach und kontrollierte das Fenster hinter den Gardinen.

Wir konnten uns doch nicht hier festbeißen. Dann kam mir der Gedanke. In meinem Geldbeutel hatte ich noch eine ausgediente Knopf-Batterie, die ich in einem unbemerkten Moment herausholte. Und wir suchten und suchten. Und dann „fand" ich die Ursache, die den beiden Damen ein solch großes Kopfzerbrechen bereitete.

„Ich hab was gefunden!", rief ich. „Hier ist das Übel!" Triumphierend hielt ich die vermeintliche Wanze hoch und Ilse und Martha kamen sofort, um das verdächtige Teil zu begutachten.

„War hinter dem Vorhang angebracht. Das konnten Sie nicht finden", sagte ich und hoffte, dass man mir die Schau abnahm. „Wir werden dieses Spionageding mitnehmen und vernichten lassen. Dann haben Sie ein für alle Mal Ruhe vor diesen Menschen."

Es wirkte. Gott, sei Dank! Es wirkte.

„Martha, hast du gehört? Der Spuk ist vorbei. Die Herrschaften haben uns geholfen. Wir werden nicht mehr belästigt. Wir danken Ihnen. Danke vielmals! Sie können jetzt gehen. Komm Martha, lass` uns die Läden wieder hochziehen."

Auf der Straße musste ich tief durchatmen. Also hatten wir doch noch einen Erfolg zu verbuchen. Leni sah mich lange an. Sie schien ebenfalls noch nicht richtig zu begreifen, was soeben passiert war.

„Glaubst du, man kann die alten Damen sich selbst überlassen?", fragte Leni schließlich.

„Sie haben ihr ganzes Leben gemeistert. Das werden sie auch weiter tun. Momentan jedenfalls. Wenn sich das ändert, müssen sich andere darum kümmern. Wir können nicht überall sein.“

Unsere Ermittlungen in Weilersberg hatten uns nicht weitergebracht. Es stimmte mich traurig, dass sogar in einer Kleinstadt Nachbarn nur noch Mitbewohner sind, mehr nicht, und denen die Menschen links und rechts neben ihnen gleichgültig sind.

18. Kapitel

„Wir haben mit Schäfers Ex-Frau gesprochen“, begrüßte uns Werner Emmerich. Die Frau hatte seit der Trennung von ihm nichts mehr mit ihm am Hut. Kaum Kontakte, keine Forderungen. Sie bestreitet ihren Lebensunterhalt für sich und ihre Tochter selbst als Verkäuferin in einem Lebensmittelladen. Die Tochter ist zwölf und kommt schon alleine gut zurecht, sagt sie.“

„Also gar keinen Kontakt mehr zu Schäfers bis zu seinem Tod?“

„Fast keinen. Einmal, kurze Zeit nach der Trennung, sei sie kurz bei ihm gewesen, um persönliche Dinge abzuholen. Doch seine Lebensweise, wie er inzwischen in dem Haus dahin vegetierte, wie er allem einfach seinen Lauf ließ, das habe sie abgeschreckt. Danach habe sie die Wohnung nicht mehr aufgesucht.“

„Und der Kontakt zu seiner Tochter? Hatte er nie das Bedürfnis, seine Tochter zu sehen?“

„Offensichtlich nicht. Nach der Scheidung schien er mit seiner Familie abgeschlossen zu haben.“

Susanne Quarto saß an ihrem Schreibtisch, als wir das Büro betraten.

„Ich habe mal alles zusammengekramt, was wir über die Person des Helmut Schäfers wissen. Ist nicht viel."

Susi zeigte auf einen kleinen Stapel mit Akten, die sie offensichtlich aus dem Archiv gekramt hatte.

„Das heißt aber nicht, dass er gänzlich unbefleckt war. Einige kleine Diebstähle, darunter zwei Mofas, nächtliche Ruhestörung, Fahren ohne Fahrerlaubnis und ein versuchter Einbruch in ein Lebensmittelgeschäft. Die meisten Vorfälle liegen allerdings schon eine Zeit zurück."

„Hat er diese Straftaten alleine begangen, oder hatte er Mittäter?" Irgendwie konnte ich mir nicht vorstellen, dass ein verheirateter Mann wie Schäfers sich aufmachte, um alleine irgendetwas Strafbares zu begehen. Meist wird man in solche Sachen hineingezogen.

Susi blätterte in den Akten, dann stutzte sie und sah zu mir herüber.

„Ingo Krumbach aus Zwierbach, das ist ein Ort ganz hier in der Nähe, war bei dem versuchten Einbruch in das Lebensmittelgeschäft dabei."

„Nähere Erkenntnisse?"

„Keine, soviel ich hier sehe."

„Tu mir einen Gefallen, Susi! Sieh nach, ob es eine Akte über Krumbach gibt. Wir dürfen nichts außer Acht lassen."

„O.k., mach ich!" Susi setzte sich in Gang und es kam im Moment kein richtiges Gespräch in Gang.

„Wie hat eigentlich die Ehefrau von Schäfers auf dessen Tod reagiert?", wandte ich mich an Emmerich. „Und vor allem die Tochter."

„Gelassen, äußerst gelassen. Seine Ex hatte sich von Schäfers seit Längerem distanziert. Und die Tochter? Ich hatte den Eindruck, sie schafft es auch ganz gut. Hat etwas geweint, ließ sich durch Mama aber schnell trösten."

Leni erschien mit einer Aktenmappe und legte sie auf den Schreibtisch vor uns.

„Hier ist die Akte von Krumbach. Wollen doch mal sehen, was die so hergibt.“

Susi blätterte ein paar Seiten weiter und schob mir die Akte zu.

„Ist doch interessant, oder?“

Was dort stand, war tatsächlich hoch interessant.

„Ingo Krumbach, geboren am 10. Februar 1969, 179 Zentimeter groß, kräftig, dunkelblonde Haare, nordischer Typ und so weiter“, las ich vor. „In Erscheinung getreten wegen Serieneinbruchs, meistens in Lebensmittelgeschäfte, Erpressung und Vortäuschen einer Straftat. Widerstand gegen die Staatsgewalt darf natürlich nicht fehlen. Dass bei dieser Bekanntschaft die Anzahl seiner Straftaten so niedrig war, das erstaunt mich denn doch.“

Der Akte waren auch die üblichen dreiteiligen Fotos beigefügt, die der Erkennungsdienst gefertigt und ebenfalls dem Landeskriminalamt übersandt hatte.

„Wir werden uns den Vogel mal ansehen“, sagte ich. „Wir werden alle vier dort antanzen.“ Ich sah auf die Uhr.

„Sechzehn Uhr zehn, das schaffen wir noch. Susi, schau doch mal nach, ob Krumbach noch in Zwierbach wohnt und wo dort und vor allem, wer alles mit ihm zusammen dort lebt. Zu unserer eigenen Sicherheit.“

Eine halbe Stunde später standen wir vor dem Anwesen, in dem Krumbach wohnte. Susannes Recherchen hatten ergeben, dass eine weibliche Person mit Krumbach in der Straße „Zur Schleiferei“ die Wohnung teilte. Maria Krömer, etwa gleich alt wie Krumbach. Offensichtlich seine Lebensgefährtin.

Wir stellten die Fahrzeuge etwas abseits ab und sahen uns erst einmal das Anwesen an. Kleines

Haus mit Kniestock-Wohnung im Obergeschoss, unmittelbar an der Straße gelegen, ohne Vorgarten, aber es stand alleine. An den Gebäudeseiten konnte man vorbeigehen und hinter dem Haus schien eine Menge Platz.

Ich gab Emmerich und Susi ein Zeichen mit dem Kopf und beide verschwanden in Richtung Gebäuderückseite.

Es begann zu nieseln und es wurde langsam dunkel. Ein Tag, wie er für den späten Oktober typisch war.

Auf dem Klingelschild stand Krumbach/Krömer, von Hand geschrieben. Ich sah Leni an und klingelte.

Erst nach dem dritten Läuten hörte ich Schritte auf die Haustür zukommen. Dann wurde sie einen Spalt geöffnet.

„Ja, bitte?"

„Wir wollen zu Herrn Krumbach", sagte ich und hielt der Frau meine Dienstmarke unter die Nase.

„Der ist nicht da", sagte die Frau, die ich wegen der Dunkelheit bis jetzt nicht erkennen konnte, und wollte die Tür wieder schließen. Mein rechter Fuß verhinderte das jedoch und mit sanfter Gewalt drückte ich die Tür nach innen auf.

„Davon würden wir uns gerne überzeugen. Wir dürfen doch hereinkommen?"

„Haben Sie einen Durchsuchungsbefehl oder so etwas Ähnliches?"

„Ach, die Dame kennt sich aus! Darf ich Ihren Namen erfahren?"

„Wenn Sie mir Ihren sagen. Normalerweise stellt man sich vor."

„Da haben Sie vollkommen Recht. Mein Name ist Spürmann, Kriminalhauptkommissar, und das ist meine Kollegin, Frau Schiffmann. Und nun zu Ihnen. Also?"

„Maria Krömer, Herr Krumbach ist mein Freund."

„Wo ist Herr Krumbach denn?“
Frau Krämer wurde leicht nervös und versuchte dies zu überdecken, indem sie sich von uns wegdrehte und sich an einer Tischdecke zu schaffen machte.

Innerlich war ich auf einmal hellwach. Ich hatte das Gefühl, dass wir uns nicht alleine mit der Freundin Krumbachs in der Wohnung befanden.

„Vorsicht!“, flüsterte ich Leni zu, aber da war es schon zu spät. Ein Schlag in die Magengrube nahm mir die Luft und ich ging in die Knie. Außer funkelnden Sternchen konnte ich nichts mehr erkennen und unwillkürlich musste ich daran denken, wie gut es war, dass ich außer einem Frühstück noch nichts zu mir genommen hatte.

Aus der Ferne hörte ich Leni schreien.

„Stehenbleiben, Polizei!“ Und kurz darauf kniete sie neben mir.

„Wie geht es dir?“

Ich konnte ihr Gesicht wieder erkennen und auch der Magen schien sich wieder in die richtige Lage zu bewegen. Ich rappelte mich hoch. Mein Gott, das ging irgendwann auch schon mal besser. Das war nicht der erste Schlag, den ich in meinem Leben erhalten hatte. Im Gegenteil. Lange betrieb ich intensiven Kampfsport, war Trainer einiger Polizeiabteilungen und hatte einen eigenen Verein gegründet.

Das war Vergangenheit. Jüngere kümmerten sich jetzt darum. Aber dass die Jahre so schnell vergehen, machte mir dieser Schlag heute deutlich klar. So etwas hatte ich früher ganz anders verdaut. Aber ich hatte auch gleich eine Entschuldigung für mein Ego parat. Immerhin kam der Angriff total überraschend und ich hatte keinerlei Möglichkeit zur Reaktion. So war es!

„Leni, wo ist er?“

„Weg! Wer denkt denn auch schon, dass er die Flucht in diese Richtung sucht. Werner und Susi stehen hinter dem Haus. Komm, wir müssen los!"

Im Auto gab ich eine Fahndung nach Krumbach heraus. Die Personenbeschreibung musste ich auf das Notwendigste beschränken, denn auch Leni hatte nur festgestellt, dass er eine Jeans und ein dunkles Hemd trug.

Das Gespräch mit Freundin Maria war auch wenig ergiebig und so machten wir uns nach einer routinemäßigen Durchsuchung der Wohnung vom Acker in Richtung Dienststelle. Gefunden hatten wir nichts, was in irgendeiner Art auf Straftaten hindeutete.

„Ingo hat sich seit damals nichts mehr zu Schulden kommen lassen", hatte seine Freundin uns noch mit auf den Weg gegeben. Das heute, das war eine Kurzschlusshandlung. Er wollte nie wieder was mit der Polizei zu tun haben."

Emmerich und Susi machten keinen zufriedenen Eindruck. Doch sie konnten nichts dafür, dass uns Krumbach entkommen war. Sie standen eben zum richtigen Zeitpunkt an der falschen Stelle. Polizistenpech!

19. Kapitel

Albert Steiner, der rasende Reporter mit der Basecap hatte Wort gehalten. In einer Riesenschlagzeile berichtete er über die drei Todesfälle rund um den Erbeskopf und streute sogar zwischen den Zeilen mehr Hoffnung auf Aufklärung, als die Wirklichkeit sie tatsächlich bot.

Das würde Wittenstein mit Sicherheit über die Maßen irritieren, aber ich hatte die Hoffnung nicht aufgegeben, dass dieser Aufmacher den oder die Täter zu Unvorsichtigkeiten verleiten könnte.

Ob und wie tief Krumbach in der Sache drin steckte, darüber konnten wir nur philosophieren und vor allem abwarten, dass die Fahndungsmaßnahmen griffen. Was ihn zu der plötzlichen Flucht aus seinem Haus veranlasst hatte, konnte man so oder so deuten. Entweder er war in die Milchvergiftungen und die Todesfälle in irgendeiner Art verwickelt oder aber er hatte etwas auf dem Kerbholz, von dem wir nichts wussten. Rein war die Weste nicht, aber das würde sich, so hoffte ich, heute herausstellen.

Es war noch früh am Morgen. Leni und ich hatten gerade unser Frühstück eingenommen und saßen im Büro von Werner Emmerich. Susanne Quarto war damit beschäftigt, weitere Erkenntnisse über Krumbach zu sammeln, als das Telefon klingelte.

Emmerich meldete sich und sah zu uns herüber. Schließlich legte er, ohne ein Wort zu sagen, auf.

„Die Kollegen von der Polizeiinspektion haben Krumbach festgenommen, vor seinem eigenen Anwesen. Kam gerade mit einem Fahrrad dort an. Hat sich ohne Widerstand festnehmen lassen. Sie werden in einer halben Stunde hier sein."

Susi hatte inzwischen weitere Erkenntnisse über Krumbach aus dem EDV-System eingeholt.

„Also, eigentlich gibt es nicht mehr als das, was uns in den Akten über Krumbach vorliegt. Der einzige Unterschied: Krumbach verbüßt derzeit eine Strafe wegen Körperverletzung. Allerdings wurde die Strafe zur Bewährung ausgesetzt. Drei Jahre, davon sind fast zwei um."

„Wann ist er das letzte Mal straffällig geworden?"

„Wie gesagt, vor rund drei Jahren. Für die Zeit danach liegen keinerlei Erkenntnisse vor."

Das Telefon läutete. Emmerich hob ab.

„Die Kollegen sind jetzt mit Krumbach da. Warten im Vernehmungsraum. Wie sollen wir verfahren?"

„Werner, führe du bitte die Vernehmung, zumindest am Anfang. Wir werden uns von draußen, über die spanische Wand, ein Bild machen“, sagte ich. Emmerich die Kompetenzen auf seiner Dienststelle abzuerkennen, daran war mir nicht gelegen.

„Die Kollegen Weier und Klaß“, stellte uns Emmerich die beiden Polizeibeamten vor, die Krumbach festgenommen hatten.

„Gute und prompte Arbeit, Kollegen!“

Ich ging auf die Kollegen zu und gab ihnen die Hand.

„Sagen Sie, Krumbach hatte ein Fahrrad dabei? Wo hatte er das her? Entwendet?“

„Nein, er hatte es zwischenzeitlich von zu Hause geholt“, sagte der Kollege, den Emmerich als Weier vorgestellt hatte. Offensichtlich hatte er sich in der Nähe des Hauses versteckt, bis die Luft rein war.“

„Aber warum hatte er dann das Fahrrad überhaupt noch gebraucht. Wenn er später doch in die Wohnung zurückgekehrt ist?“, sagte ich mehr zu mir selbst.

Weier zuckte mit den Achseln. Krumbach würde es uns erklären müssen.

Emmerich hatte gegenüber von Krumbach Platz genommen. Der Vernehmungsraum war eigentlich der Ort, in dem Gegenüberstellungen durchgeführt wurden. Durch ein Fenster in der Zwischentür, in die eine einseitig durchschaubare Glasscheibe eingesetzt war, konnten Zeugen unter verschiedenen Personen, die in Reih und Glied aufgestellt wurden, Verdächtige oder Täter identifizieren, ohne selbst gesehen, geschweige denn erkannt zu werden.

„Woher kennen Sie Schäfers?“, hörte ich Emmerich fragen.

„Schäfers? Wer ist Schäfers?“ Krumbach schüttelte verständnislos den Kopf.

„Vergisst man so schnell seine Kumpanen, oder sollte ich sagen: Mittäter? Ich meine Helmut

Schäfers aus Weilersberg. Einbruch in ein Lebensmittelgeschäft, Sie und Schäfers. Hilft Ihnen das weiter?"

„Schäfers, ja jetzt erinnere ich mich", sagte Krumbach. „Kann ich eine Zigarette haben?"

Emmerich schob ihm seine Schachtel auf dem Tisch zu und Krumbach bediente sich. Den Rauch langsam ausatmend schien er sich an die alten Zeiten zu erinnern.

„Das ist lange her", begann Krumbach zögerlich zu erzählen. „Waren viele Dummheiten, die wir zusammen gemacht haben. Aber irgendwann hatte ich keinen Kontakt mehr zu ihm."

„Und da haben Sie alleine weiter gearbeitet", stellte Emmerich fest.

„Ja, ich habe noch ein paar Dinger gedreht, aber das ist jetzt alles vorbei. Seit ich meine Maria habe, kommt so etwas für mich nicht mehr in Frage. Wissen Sie, wenn ich mir das heute so überlege, wäre das alles nicht passiert, wenn ich damals einen Menschen gehabt hätte, der zu mir gehalten hätte. Heute habe ich Maria."

„Und früher? Was war früher? Ihre Eltern, Freunde, Bekannte und so?"

„Von früher möchte ich nicht mehr reden. Kann man vergessen. Elternhaus, das ich nicht lache! Musste mich immer alleine durchschlagen."

„Wann haben Sie Schäfers das letzte Mal gesehen?"

„Ach, Gott, das ist bestimmt zwei Jahre her. Ich bin doch schon über ein Jahr mit Maria zusammen. Ich brauche die alten Freunde nicht mehr!"

Krumbach sog an seiner Zigarette, ein kräftiger muskulöser Mann mit stark hervorspringendem Kinn und einem kleinen Bartansatz unterhalb der Unterlippe. Seine leicht gewellten dichten dunkelbraunen Haare zeigten bereits die ersten grauen Strähnen über den Schläfen. Würde man Krumbach einfach so auf der Straße begegnen, würde man ihn für einen seriösen Mann, etwa für einen Versicherungsvertreter, halten können.

„Jemand, der nichts zu verbergen hat, braucht nicht abzuhauen, wenn die Polizei vor seinem Haus steht“, fuhr Emmerich fort. „Und vor allem, er hat keine Verursachung, einen Beamten tätlich anzugreifen. Nennen Sie mir nur einen triftigen Grund dafür!“

„Das tut mir ja auch leid, Herr Kommissar. Aber das war eine Reflexbewegung. Wissen Sie, ich bin zurzeit auf Bewährung draußen. Und wenn dann die Polizei auftaucht, ist man eins zwei wieder drin. Die finden immer etwas.“

„Schäfers ist tot. Ermordet!“

Emmerich stellte plötzlich diesen einen Satz in den Raum und beobachtete Krumbach. Auch ich war gespannt auf dessen Reaktion. Susi und Leni drängten sich ebenfalls an die einseitig durchschaubare Milchglasscheibe.

Krumbach stutzte kurz, ehe er sagte:

„Schäfers ist tot. Ermordet? Ich verstehe das nicht. Sind Sie deshalb in meine Wohnung gekommen? Sitze ich deshalb hier? Sie haben mich im Verdacht? Stimmt`s? Aber ich habe damit nichts zu tun. Warum auch? Was hätte ich für ein Motiv?“

Ich merkte, wie Emmerich unsicher wurde. Außer, dass Krumbach und Schäfers vor längerer Zeit gemeinsam einige Straftaten begannen hatten, hatten wir nichts in der Hand, um ihn länger festzuhalten. Keine konkreten Vorwürfe, geschweige denn Indizien oder gar Beweise für irgendeine Straftat.

„Sie können gehen“, sagte Emmerich. „Ob der Kollege gegen Sie eine Anzeige wegen Körperverletzung stellt, kann ich nicht sagen. Sie müssen allerdings damit rechnen.“

„Bitte, reden Sie mit Ihrem Kollegen“, bat Krumbach. Meine Bewährung läuft doch gerade wegen

Körperverletzung. Wenn jetzt wieder eine Anzeige gegen mich erstattet wird, muss ich in den Bau. Bitte! Es tut mir auch leid."

„Halten Sie sich zu unserer Verfügung. Vielleicht haben wir noch Fragen an Sie!" überging Emmerich die Bitte Krumbachs. „Und wenn wir wieder einmal bei Ihnen auftauchen… na, Sie wissen schon!"

„Keine Sorge! Meine wilden Jahre sind Dank Maria vorbei. Das wird nicht mehr vorkommen."

Als Krumbach gegangen war, kam Emmerich auf uns zu.

„Was hätte ich machen sollen? Wir haben nichts in der Hand."

„Ist in Ordnung", sagte ich. „Aber jetzt müssen wir wieder von vorne beginnen."

20. Kapitel

Den Rest des Tages verbrachte ich mit Grübeln und dem Suchen nach irgendwelchen Verbindungen zu den Milchvergiftungen. Schließlich gab ich es auf und schnappte mir mein Handy. Es war Zeit, einige Anrufe zu tätigen. Langsam sehnte ich mich wieder nach Hause, nach Forstenau, zu meinem Stammtisch, zu Lisa, zu meiner gewohnten Umgebung.

Als Erstes versuchte ich Lisa zu erreichen. Sie war noch immer mit der Frauengemeinschaft aus Forstenau in der Pfalz und würde erst in zwei Tagen zurückkommen.

Doch das Handy von Lisa war nicht aktiviert. Keine Chance. Ich wählte eine weitere Nummer, die von Siggi Vollmann, dem Wirt des „Hochwald-Stübchens" in Forstenau. Ich war gespannt, ob mein Stammtisch mich inzwischen vermisst hatte und wollte hören, was es Neues zu Hause gab. Wenn ich aber ehrlich sein soll, es war da ein sonderliches Gefühl in meinem Inneren. Es war einfach die Sehnsucht, wieder in meiner gewohnten Umgebung zu sein. Mit Lisa ein Glas Rotwein zu trinken, am Stammtisch zu sitzen und mit Lauheim über die endlose Touristik des Hunsrücks zu plaudern oder Pastor Schaeflein, mit „ae“ zuzuhören, wenn er über Gott und die Welt referierte. Ich vermisste auch die beiden Förster des Forstamtes Saar-Hochwald, Marek und Glasheber, die dem Stammtisch mit ihrem Jägerlatein für manch humorvollen Abend gesorgt hatten. Und natürlich den ehemaligen Ortsbürgermeister Detlef Hildebrandt und Siggi Vollmann, für die der Stammtisch eine willkommene Abwechselung nach den Aufregungen im Falle „Rietmaier“ sein musste.

Lissy Vollmann meldete sich.

„Das ist aber nett, dass Sie sich mal wieder melden. Ihr Stammtisch vermisst sie sehr. Wann sind Sie wieder im Lande?“

Lissy ließ mich ihre Dankbarkeit immer wieder spüren, wenn wir miteinander sprachen. Dass ihr Siggi so glimpflich davongekommen war und nur eine Bewährungsstrafe erhalten hatte, schrieb sie der Fürsprache von mir und Leni zu.

„Es wird noch einige Zeit dauern, Lissy. Grüßen Sie mir den Stammtisch und vor allem Siggi.“

Ich hatte kaum aufgelegt, als Leni hereinkam. Ich erschrak, als ich sie sah. Ihre Augen waren verquollen, das dezent aufgelegte Augen-Make-up hatte sich wie einen Schleier um ihre Augen gelegt. Sie schnäuzte ihre Nase und setzte sich auf ihren Stuhl, mir gegenüber.

Ich sah sie an und wartete. Offensichtlich wollte sie mit mir sprechen, denn sonst wäre sie nicht zu mir ins Büro gekommen.

Leni schnäuzte sich noch einmal und versuchte zu lächeln.

„Schlimm?“

Leni zuckte mit den Achseln, was alles bedeuten konnte oder nichts. Dann stand sie auf und ging zum Waschbecken. Dort betrachtete sie sich im Spiegel und brachte ihr Make-up wieder in Ordnung. Dann drehte sie sich zu mir herum.

„Isch bin wieder solo“, sagte Leni in ihrem Adenauer Dialekt. Bei ihr wusste ich in diesem Moment nicht, ob es spaßig oder todernst klingen sollte.

„Bin wieder zu haben.“ Dann griff sie erneut ihr Taschentuch und ging zurück zum Spiegel. „Am besten wasch` ich misch, die Reparaturen bringen nicht viel.“

Sprach`s und wusch ihr Gesicht unter dem Strahl des Wasserhahns. Dann trocknete sie ihr Gesicht und setzte sich wieder zu mir.

„Ich bin seit soeben die Ex meines Freundes“, versuchte mir Leni mit etwas Humor zu vermitteln.

„Ich wusste gar nicht, dass du liiert warst.“

„Ist auch noch gar nicht so lange her. Kurz nach dem Fall in Forstenau. Hab ihn im Urlaub kennen gelernt. Er sagt, eine Freundin, die mit ihrem Beruf verheiratet ist, das sei nichts für ihn. Das ist doch ein Argument, oder?“

„Das tut mir leid, Leni“, sagte ich und das meinte ich ehrlich. Wenn ich Wittenstein nicht gebeten hätte, mir Leni für diesen Fall zuzuteilen, hätte sie weiter in Trier Dienst verrichten und jeden, na ja, fast jeden Abend pünktlich zu Hause sein können.

Leni schien meine Gedanken zu erraten.

„Es ist schon fast vorbei. Aber er hat ja Recht. Weißt du, jetzt kann ich verstehen, warum viele Kolleginnen, die ich kenne, keine feste Bindung eingehen. In unserem Beruf stehen Enttäuschungen dieser Art wohl auf der Tagesordnung.“

„Weißt du was, Leni. Der Tag ist sowieso gelaufen, vor morgen kommen wir dienstlich nicht weiter. Ich lade dich zum Essen ein, wir trinken noch etwas und morgen sieht die Welt dann wieder ganz anders aus. Aber keine falschen Gedanken. Es ist nur die Ritterlichkeit, die sich in mir aufbläht.“

21. Kapitel

Das Telefon riss mich aus tiefstem Schlaf. Es war spät geworden gestern Abend. Leni und ich hatten so richtig einen draufgemacht. Leni hatte sich dabei ihren Frust von der Seele geredet und wie das manchmal so ist, den gesamten Kummer in vielen kleinen Piccolos ertränkt. Als wir mit einem Taxi zurück ins Hotel kamen, schien bereits alles vergessen. Leni lachte mir im Weggehen zum Aufzug noch einmal zu und ging aufrecht, so weit es noch möglich war, davon.

„Alles Gute, Leni!", rief ich ihr in Gedanken nach und nahm an der Hotelbar noch einen Absacker, ehe auch ich mich schlafen legte.

Mein Handy weckte mich unsanft. Am anderen Ende der Strippe meldete sich Emmerich.

„Hallo, Heiner, hast du verschlafen? Du musst sofort kommen! Wir haben gerade die Mitteilung über einen neuen Vergiftungsfall erhalten."

Ich war mit einem Male hellwach. Zwar klopfte der Alkohol vom Vortage an meine Stirn, als wolle er um Auslass bitten, aber eine kalte Dusche brachte mich wieder auf Vordermann.

„Wir haben einen Verletzten", empfing mich Emmerich. „Aber er hat Glück gehabt. Die Dosis war offenbar nicht sehr hoch und Frank Kemmerling, so heißt das Opfer, ist mit seinen 19 Jahren sehr widerstandsfähig. Er befindet sich zurzeit noch im Krankenhaus zur Beobachtung, wird aber nach Auskunft der Ärzte heute noch entlassen."

„In welcher ‚Gutkauf'- Filiale war das?"

„War was? Ach so, ja, das ist das Kuriose. In keinem ‚Gutkauf'-Geschäft, die Milch stammt aus einem ‚Deka'-Laden, einem der hochgepäppelten ehemaligen Tante Emma-Läden. Und es war auch keine ‚Hunsrück-Milch', es war ein Paket vom Konkurrenzunternehmen ‚Die Q'. Ich habe veranlasst, dass die restlichen Pakete mit demselben Verfallsdatum aus dem Regal genommen wurden."

„Irgendwelche Proben sichergestellt?"

„Die Kollegen haben die Milch sichergestellt und sie ins Labor gebracht. Sie wird dort gerade jetzt untersucht."

„Hat schon jemand mit dem Jungen, wie hieß er noch...?

„Frank Kemmerling."

„Hat schon jemand mit ihm gesprochen?"

„Susi und Leni sind unterwegs."

„Leni war schon vor mir hier?"

„Ja, und sie schien gut gelaunt, was man vor dir heute Morgen sicherlich nicht behaupten kann."

„Entschuldige, Werner, aber mir geht es heute Morgen nicht besonders. Der gestrige Abend war ziemlich feucht, du verstehst?"

Emmerich grinste. Er verstand.

„Sag mal, Werner, ist es nicht eigenartig, dass dies der erste Fall ist, in dem es die Milch der Firma ‚Q' erwischt? Was sollen wir denn davon halten?"

„Entweder haben wir es hier mit einem Geistesgestörten zu tun oder aber das Ganze ist ein Ablenkungsmanöver."

„Wovon soll es ablenken, deiner Ansicht nach?"

„Da gibt es doch sicher mehrere Möglichkeiten. Nehmen wir einmal an, innerhalb der Hunsrück-Milchwerke seien die Vergiftungen ausgeführt worden und aus irgendeinem Grund will man uns vom Gegenteil glauben machen."

„Wenn du es so siehst, kann das Gleiche auf die ‚Q' zutreffen. Doch du musst zugeben, in keine der beiden Richtungen haben wir irgendwelche Verdachtsmomente."

„Dann müssen wir überlegen, ob wir sonst jemanden aufgescheucht haben, einen, den wir bislang nicht mal auf der Rechnung hatten."

„Ich weiß nicht warum, aber der Leitende Ingenieur der Firma „Die Q“ hat auf mich einen komischen Eindruck gemacht. Ich kann mich ja täuschen“, sagte ich, „aber ihm würde ich so einiges zutrauen.“

„Und wo wäre da der Sinn? Was hätte der Mann davon ?“

„Kiesewetter. Alexander Kiesewetter.“

„Was hätte dieser Kiesewetter davon?“

„Ich weiß es nicht. Vielleicht sind es ja auch Vorurteile gegen den Mann. Aber du wirst Recht haben. Sein Chef, mit dem ich übrigens auch gesprochen habe, ist die Korrektheit in Person. Dr. Hubertus van Heyding, Ein Geschäftsmann der alten Klasse. Da einen Verdacht aufzubauen, wäre, zumindest momentan, total unbegründet.“

Die Bürotür öffnete sich. Leni und Susi kamen von ihren Ermittlungen im Krankenhaus zurück.

„Wir haben mit dem Geschädigten, Frank Kemmerling, gesprochen. Es geht ihm eigentlich ganz gut. Die Dosierung des Giftes in der Milch war verhältnismäßig gering“, berichtete Leni. „Der Typ ist auf Susi abgefahren, das hättet Ihr sehen sollen. Isch hab jar nichts sagen brauchen“, verfiel Leni in ihren Dialekt. Die Trennung von ihrem Freund schien sie bereits vergessen zu haben.

„Also“, meldete sich Susanne Quarto. „Dieser Frank Kemmerling hat die Milch in dem besagten Deka-Laden gekauft. Er hat, wie er sagt, keine besondere Marke bevorzugt. Zu Hause hat er zum Essen ein Glas von dieser Milch getrunken und sich danach übergeben. Das war vielleicht sogar ganz gut, denn im Krankenhaus hat man nur geringe Mengen von dem Gift feststellen können.“

„Liegt das Untersuchungsergebnis vom Labor schon vor?“

Ich wusste die Antwort schon, ehe sie gesagt wurde: Es war wieder Novoxin.

„Es war wieder Novoxin“, sagte Susi. „Also das gleiche Gift wie in den anderen Fällen!“ Susi setzte sich zu uns und auch Leni nahm Platz.

„Und jetzt?“

„Wir müssen wieder einen Schritt zurück.“ Ich überlegte.

„Jelinek hatte doch diesen Zettel mit der Anschrift des Weingutes und dem Namen Schäfers dabei. Ich glaube, ein Teil der Wahrheit finden wir in Trittenheim. Wir müssen es noch einmal dort versuchen.“

22. Kapitel

Auf dem Winzerhof von Claus Rehlinger geht es hoch her. Die gesamte Traubenernte ist inzwischen eingefahren, die Kelter und Weinpressen laufen auf Hochtouren.

„Wenn wir hier fertig sind, dann haben wir alle einen ausgiebigen Urlaub verdient.“

Kellermeister Rudolf Bohning reibt sich die Hände an seiner blauen Schürze ab und stützt sich mit beiden Händen auf einem der 1000-Liter-Holzfässer ab und schnauft durch. Nicht jeder Winzer arbeitet heute noch mit Holzfässern. Stählerne Tanks haben bereits vor vielen Jahren Einzug in die Keller gehalten, auch in die von Rehlinger. Aber auf seine Holzfässer, die seinen guten Weinen den Barrique-Geschmack geben, will er nicht verzichten.

„Diese Blechtanks können die Qualität eines Holzfasses einfach nicht erreichen“, pflegt Rehlinger stets zu sagen. Aber er weiß auch, dass es nicht ohne sie geht. Die riesigen Mengen Traubensaft, die in jedem Jahr zur Gärung eingekellert werden, verlangen nach dieser Kapazität. Nicht, dass die Qualität darunter leiden würde, aber der Wein aus einem Holzfass hat eben seinen besonderen Geschmack und ist vielen seiner Kunden ein begehrter Trank.

„Jetzt haben wir mit fünf Personen fast die ganze Arbeit geschmissen“, stellt Bohning fest und animiert seinen Chef mit seinem Verhalten ebenfalls zu einer Ruhepause.

„Ich bin so froh, dass sich meine Söhne nicht ein einziges Mal beschwert haben“, sagt er, mit dem Nicken des Kopfes der Aussage Nachdruck verleihend. „Sie haben sich tapfer geschlagen von morgens früh bis spät in den Abend hinein. Ich kann Ihnen eines versprechen: Nie wieder polnische Erntehelfer.“

„Würde ich so nicht sehen, Chef.“ Bohning füllt zwei Probegläser mit einem Riesling vom Vorjahr. „Haustrunk“ steht auf der Flasche.

„Wir haben in diesem Jahr nur etwas Pech gehabt. Überall gibt es schwarze Schafe. Und außerdem. Wen wollen Sie denn sonst anheuern? Hier aus der Gegend bekommen Sie gerade mal ein paar Hausfrauen zum Rebenschneiden, die sich ein Zubrot verdienen wollen. Aber wer schleppt die schweren Kiepen? Da müssen auch im nächsten Jahr wieder polnische Helfer ran.“

„Im nächsten Jahr wird alles anders. Sie wissen schon, der Vollernter ist im Kommen. Dann wird sich manches ändern.“

Achselzuckend und wortlos wendet sich Bohning ab, um sich wieder seiner Arbeit zu widmen. Doch nach ein paar Schritten hält er inne.

„Chef, schauen Sie mal. Wir bekommen Besuch.“ Rehlinger sieht in die Richtung, in die Bohning zeigt. Es sind Pjotr Kiverna und Franticek Jacek, die beiden Erntehelfer, die sich vor zwei Tagen auf und davon gemacht hatten. Sie sind zu Fuß und machen einen äußerst ungepflegten Eindruck.

„Wir sind wieder da, Chef. Nix fier Ungut. Wir arbeiten wieder. Missen verstehn, war eine wichtige Sache, wichtiger Termin.“

Es ist Franticek Jacek, der das Wort führt. Pjotr Kiverna steht einige Meter hinter ihm und schaut sich gelangweilt um.

„Ich habe Euch doch gesagt, dass Ihr nicht mehr zu kommen braucht!“ sagt Rehlinger, der innerlich bebt. Aber dann überlegt er sich es doch anders.

„Ich will mal nicht so sein. Lasst euch in der Küche was zu essen geben und dann ran an die Kelter. Meine Söhne können eure Hilfe gut gebrauchen.“

Dass Rehlinger sich es sich auf einmal anders überlegt, hat seinen Grund. Ich werde der Polizei mitteilen, dass die beiden wieder da sind, denkt er bei sich. Wenn sie etwas auf dem Kerbholz haben, dann bin ich sie so oder so los und vor allem, ohne dass Schwierigkeiten für mich dabei entstehen. Wenn nichts gegen sie vorliegt, dann muss ich mich damit abfinden. Aber die Saison ist doch sowieso fast vorbei. Warum also soll ich mir noch selbst Probleme bereiten. Ich kann nur hoffen, dass auch die letzten Tage mit den beiden reibungslos verlaufen.

Rehlinger schaut auf die Uhr. Ein halber Tag bleibt noch und es ist noch viel zu tun. Die Zukunft wird besser, denkt er und begibt sich in den Kelterraum, wo seine Söhne bereits dabei sind, den Most in die Fässer zu füllen. Das nächste Jahr wird besser.

23. Kapitel

An diesem Tag erhielten wir das Untersuchungsergebnis des berüchtigten Felsbrockens, mit dem Jelinek im Stausee Talbrück versenkt worden war.

Für das Labor schien es als erwiesen, dass es sich dabei um einen Schieferbrocken handelte, der die Merkmale und die Voraussetzungen für den Untergrund im Weinbau schuf.

Die Aussage war in keiner Weise verbindlich, denn überall, wo Schiefer vorkomme, bestätigten die Verantwortlichen, sei auch die Grundlage für einen guten Wein, insbesondere der Rebsorte Riesling, gegeben.

Also half uns das nicht unbedingt weiter, das glaubte ich zuerst. Als ich aber den Untersuchungsbericht genauer durchlas, kam etwas Hoffnung auf. An dem Stein waren Reste von Wurzelanhaftungen festgestellt worden, die eindeutig von Reben herstammten. Also stammte unser kleiner Felsen aus einem Weinberg, einem so genannten „Wingert". An der Mosel gab es viele solcher „Wingerten", von daher war dieser Hinweis nur eine kleine Hilfe.

Aber es wird ja niemand so blöd gewesen sein, den Stein über Kilometer herbeizuschleppen. Den nächsten Weinberg in der weiteren Umgebung des Stausees Talbrück gab es in Trittenheim. Also würden wir uns auch darum kümmern.

Emmerich und ich fuhren nach Trittenheim. Die beiden Frauen ließen wir auf der Dienststelle. Frank Kemmerling musste noch offiziell vernommen werden und außerdem hatten die beiden so die Gelegenheit, sich näher kennen zu lernen.

Es war schon etwas anderes, mit einem Mercedes der S-Klasse, einem der neueren Wagen der Dienststelle in Idar-Oberstein, durch den Hunsrück zu brausen, als mit meiner klapprigen Kiste. Emmerich kannte sich hier aus wie in seiner Westentasche und so kam es nicht zu solchen Irrfahrten, wie ich sie mit Leni hinter mir hatte.

„Wir machen einen kleinen Umweg. Habe noch etwas in der St. Nikolaus-Quelle in Malborn zu erledigen."

„Nikolaus-Quelle? Nie gehört. Ist das eine der Heilquellen, von denen es im Hunsrück ja einige geben soll?"

„Ja, aber eine mit historischem Charakter. Wallfahrer, die im Mittelalter zur Nikolauskapelle nach Malborn pilgerten, machten Rast an der nahe gelegenen Quelle, um sich zu stärken. In Gefäßen wurde das Wasser dann vom Messepriester gesegnet und mit nach Hause genommen. Die St. Nikolaus-Quelle war schon damals bei den schaffenden Hochwaldbauern nach getaner Arbeit als Haustrunk sehr beliebt. Die Quelle und der Nikolausbrunnen haben immer schon irgendwie zusammengehört. Anfang der dreißiger Jahre wurde die Quelle neu gefasst und wird heute gewerblich genutzt."

„Und was ist das Besondere an diesem Wasser?"

„Man sagt, es besitze die Fähigkeit, Leben zu vermitteln, mit anderen Worten, es ist sehr gesund. Ich bin gleich wieder zurück. Muss nur eine Bestellung aufgeben."

Es dauerte länger, als ich es mir vorgestellt hatte. Ich wurde unruhig. Die Zeit lief uns davon. Ich überlegte mir, die Hupe zu betätigen, doch ließ ich das schließlich bleiben.

Das Vibrieren in der linken Hosentasche sagte mir, dass mein Handy sich meldete. Es war Leni.

„Hallo, Heiner, der Winzer aus Trittenheim, Claus Rehlinger, zu dem ihr ja unterwegs seid, hat angerufen. Die beiden polnischen Erntehelfer, die sich vorgestern aus dem Staub gemacht hatten. seien zurückgekehrt. Vielleicht haben die ja Jelinek gekannt. Viel Glück!"

Dann endlich kam auch Emmerich, in der Hand zwei Wasserflaschen. Eine davon hielt er mir hin.

„Na, denn prost", sagte er und wir nahmen einen kräftigen Schluck.

Es war fast Mittag, als wir in Trittenheim ankamen. Rehlinger empfing und geleitete uns sofort in sein Büro. Offensichtlich wollte er vermeiden, dass uns jemand mit ihm gemeinsam sah.

„Sie haben sich aber beeilt!“, sagte Rehlinger. „Oder waren Sie in der Nähe? Also, hören Sie: Die beiden Polen, die Erntehelfer, Sie wissen schon, sind tatsächlich heute wieder zurückgekommen. Ich habe sie wieder eingestellt, obwohl ich es eigentlich gar nicht wollte. Ich habe mir gedacht, wenn sie etwas ausgefressen haben, dann ist es besser, man muss nicht nach ihnen suchen.“

„Wir haben keine Erkenntnisse darüber, dass die beiden irgendetwas ausgefressen haben“, dämpfte ich die euphorischen Hoffnungen des Winzers. „Aber sie könnten wichtige Zeugen in einem Mordfall sein. Sagen Sie, wenn jemand einen größeren Schieferbrocken bräuchte, wo würde er ihn suchen?“

„Wer braucht schon so etwas? Aber im Ernst: In den Weinbergen, die bewirtschaftet werden, ist so was nicht mehr zu finden. Größere Steine, die beim Bearbeiten des Bodens festgestellt werden, werden entfernt. Vielleicht in den Brachlagen, davon gibt es ja inzwischen genug.“

„Brachlagen sind unbewirtschaftete Weinberge?“

„Ja, das sind Weinberge mit einer Steigung zwischen 30 und 60 Prozent und sehr schwer zu bewirtschaften. Ginge es nach dem Willen der Weinexperten, würden in diesen Steillagen zukünftig Terrassen angelegt, die das Arbeiten erleichtern. Angeblich die einzige Chance, um die Kulturlandschaft zu erhalten und die Entstehung von Brachflächen zu stoppen. Ich sehe das allerdings auch so.“

„Und in diesen Brachlagen kann man solche Felsbrocken finden?“

„Normalerweise nicht. Aber es kommt schon mal vor, dass Winzer in diesen Flächen die etwas größeren Steine lagern. Tun da ja keinem weh. Und wenn man sie mal braucht, sind sie zur Hand.“

„Also kann ein solcher Stein von hier stammen? Mehr wollte ich eigentlich nicht wissen“, sagte ich und wechselte das Thema.

„Herr Rehlinger, Ihre beiden Hilfskräfte aus Polen, wie lange arbeiten die schon bei Ihnen, ich meine, wie viele Jahre?“

„Kiverna und Jacek? Sind in diesem Jahr zum ersten Mal bei mir. Und auch das letzte Mal, das kann ich Ihnen versprechen!“

„Wir würden ja gerne mit den beiden reden. Wann glauben Sie, ist das möglich?“

Rehlinger schaute auf seine Armbanduhr.

„Sie haben Glück. Es ist gleich Mittagspause. Ich werde sie nach dem Essen zu Ihnen schicken.“

„Sagen wir: Vor dem Essen“, meldete sich Emmerich. Wir können ja nicht ewig hier warten. Glauben Sie uns, wir haben noch anderes zu tun.“

„Ist ja gut, ich werde sie gleich zu Ihnen schicken.“ Rehlinger stand auf und nahm eine geöffnete Flasche Wein und zwei Gläser und stellte sie vor uns.

„Damit die Zeit nicht so lang wird.“ Dann drehte er sich um und verschwand durch eine Zwischentür.

„Und?“ fragte Emmerich mit einem Blick auf die Weinflasche.

„Nee, lass mal, können wir nach dem Gespräch probieren.“

„Kostverächter?“ Emmerich schaute mich von unten her an.

„Ich, ein Kostverächter? Das ist schon fast eine Beleidigung. Also, einen guten Tropfen habe ich noch nie weggeschüttet.“

„Na, siehste.“ Emmerich füllte zwei der Probegläser. „Na, dann prost.“

Normalerweise tranken wir während des Dienstes keinen Tropfen Alkohol. Und das sollte auch heute so bleiben. Wir setzten gerade das Glas an die Lippen, als Rehlinger hereinstürmte.

„Sie sind weg!", keuchte er. „Mit meinem Kombi."

„Wie, weg?" Ich verstand nicht, was er meinte.

„Na, die beiden Männer. Ich habe ihnen gesagt, dass die Polizei ihnen ein paar Fragen stellen wolle. Da sind sie aufgesprungen, ohne ein Wort zu sagen und haben sich meinen Kombi geschnappt. Sie sind vom Hof in Richtung Neumagen gefahren. So ein Mist! Was hat die beiden denn so erschreckt? Aber vor allem: Wie komme ich wieder an mein Auto?"

„Ich gebe eine Fahndung durch", sagte Emmerich und hatte sein Handy schon parat.

„Denk` daran, dass sie auf die Autobahn fahren können und natürlich auf der rechten Moselseite weiter in Richtung Bernkastel. Ruf die Leitstelle in Trier an, die sollen eine Ringfahndung herausgeben!"

„Welche Farbe und welches Kennzeichen hat ihr Wagen?" Ich gab mit Handbewegungen ungeduldige Zeichen.

„Ein Golf-Kombi, dunkelblau, TR-RE 3425! Verdammt, jetzt weiß ich die letzte Ziffer nicht genau. Ich muss nachsehen!"

„Nein, lassen Sie nur, das reicht uns schon. Die Kollegen werden sie gleich anrufen. Geben Sie denen alle notwendigen Angaben zu ihrem Fahrzeug und auch zu den beiden Polen durch, haben Sie verstanden?"

Ich rannte zum Wagen der Kripo Idar-Oberstein. Emmerich kam angelaufen und während er lief, sprach er in sein Handy. Es sah irgendwie komisch aus. Er sprang auf den Beifahrersitz und ich startete durch. Auf in Richtung Neumagen! Links die Mosel und rechts die Weinberge. Gott sei Dank herrschte nur mäßiger Verkehr. Doch die Winzer mit ihren Erntefahrzeugen zwangen mich hier und da, den Fuß vom Gas zu nehmen.

„Kannst du dir vorstellen, dass wir genauso gut mit dem Kombi von Rehlinger unserem Benz nachjagen könnten?“ Ich sah fragend zu Emmerich hinüber. „Lässt du eigentlich immer den Schlüssel stecken?“

Plötzlich war die Strecke vor uns frei. Neumagen zwei Kilometer, kündigte ein gelbes Schild an. Und dann sahen wir ihn. „Da ist ein Golf. Das müsste er sein. Wir müssen an ihn rankommen, sonst hängt er uns innerhalb der Ortschaft ab.“

Hinter uns ertönte eine Polizeisirene. Mit Blaulicht und Martinshorn fuhren die Kollegen auf unsere Höhe und ich winkte in die Richtung des flüchtenden Fahrzeuges. Der Fahrer verstand. Er trat das Gaspedal durch und folgte dem Golf. Die uniformierten Kollegen hatten bei der Verfolgung bessere Karten. Gerade in der Innenstadt war es wichtig, sofort als Polizeiauto erkannt zu werden. Nicht, dass wir diese Sonderrechte nicht gehabt hätten. Das Blaulicht stand vor dem Beifahrersitz, fertig angeschlossen und auf Knopfdruck würde die Sirene heulen lassen. Doch das hatte noch Zeit.

Wir fuhren in Neumagen ein. Der Funk überschlug sich. Die Kollegen hatten den Golf vorübergehend aus den Augen verloren und waren nun wieder hinter ihm. Offensichtlich schlug der Fahrer des gestohlenen Autos bei jeder sich bietenden Gelegenheit Haken. Inzwischen hatten sich zwei weitere Polizeiwagen eingefunden, wie wir hören konnten. Die Jagd war eröffnet.

Das Funkgewirr hielt an. Einmal wurde der Golf in der Innenstadt gesehen, dann war er wieder am Ortsrand, dann wieder in der City. Es gelang den Kollegen einfach nicht, das Fluchtfahrzeug zu stellen.

Dann kam das, was kommen musste.

„Wir haben das Fahrzeug aus den Augen verloren!“, war die aufgeregte Meldung einer Polizeibesatzung. „Muss sich irgendwo in der Stadt versteckt haben. Um äußerste Aufmerksamkeit wird gebeten!“

„Ja, Werner, dann wollen wir mal. Streife fahren wie früher. Kann mich kaum noch an die Zeit erinnern. Also, sei wachsam! Vielleicht erwischen wir die beiden ja.“

„Und du achte auf den Wagen. Ist das Schmuckstück unserer Dienststelle.“

„Du kannst auch gerne selber fahren. Soll ich anhalten?“

„Quatsch, war doch nur Spaß!“

Wir fuhren durch die kleinen Gassen des „ältesten Weinortes Deutschlands“, der seine Bezeichnung deshalb hat, weil man im Ort 1884 bei Bauarbeiten das weltbekannte Römische Weinschiff, eines von vielen römischen Grabdenkmälern, gefunden hatte. Ja, das Römische Weinschiff. Mir kam gerade in den Sinn, dass gerade dieses Schiff kürzlich nachgebaut wurde und bereits schwimmtüchtig war. So hat jeder Ort seine Attraktionen und vermarktet sie entsprechend.

Was ich dann sah, veranlasste mich, voll in die Eisen zu gehen.

„Was ist?“ Emmerich nahm wieder seine ursprüngliche Sitzposition ein, die ihm während des Bremsvorganges vollkommen abhanden gekommen war.

„Da vorne links, schau hin, das müsste doch unsere Kundschaft sein.“ In einer Einfahrt, neben der Straße, lugte die Motorhaube eines Golf hervor.

Auch die „Kundschaft“ hatte offenbar Wind von uns bekommen, denn der Golf schoss auf die Fahrbahn und ab ging es in Richtung der Weinberge. Ich versuchte, mit dem ungelenken Wagen einigermaßen auf Höhe des spritzigen Kombis zu bleiben und erreichte damit lediglich, dass der Wagen ständig im Heck ausbrach und von der Fahrbahn abzukommen drohte.

„Da ist ja nur eine Person drin!“ Emmerich neigte sich nach vorne, um besser sehen zu können.

„Verdammt, da sitzt ja nur noch einer drin! Der andere hat sich offenbar zu Fuß davongemacht.“

„Das spielt jetzt keine Rolle, wir müssen den da vorne fassen. Wir müssen dranbleiben. Mensch, wo fährt der denn hin?! Kennt der sich hier aus?“

Ich hatte nicht das Gefühl, dass der Fahrer die Strecke kannte. In jeder Kurve stand das Auto quer, so als sei er von dem Wegeverlauf überrascht. Das hielt ihn aber nicht davon ab, seine Geschwindigkeit noch zu erhöhen.

„Das kann nicht gut gehen.“ Emmerich klammerte sich mit der rechten Hand an den Haltegriff über der Beifahrertür, um zu vermeiden, dass er in den Kurven plötzlich auf meinem Schoß saß.

Wir schraubten uns in den Weinbergen immer höher hinauf, vorbei an großen Hinweisschildern auf denen „Trittenheimer Altärchen“ zu lesen war, vorbei an brachliegenden, mit trockenem Gras übersäten Brachflächen. Der Weg wurde schmäler und ich musste die Geschwindigkeit etwas herabnehmen.

Dann verschwand das Fluchtfahrzeug hinter einer Rechtskehre und kaum war es außer Sichtweite, bildete sich eine riesige Staubwolke, in die wir geradezu hineinfuhren. Die Strecke vor uns war frei, Seitenwege gab es keine. Ich hielt den Wagen an und wir stiegen aus. Den Schlüssel zog ich vorsorglich ab.

Die Hand an meiner Pistole ging ich vorsichtig nach vorne, aus dem Staub heraus, an den Rand des Weges und dann sah ich die Bescherung.

„Werner!“

Emmerich kam und sah in die gleiche Richtung wie ich. Der Golf lag etwa 30 Meter unterhalb unseres Standortes auf einem weiteren „Wingertsweg“ auf der Beifahrerseite. Die Reben des Weinberges darunter hatten seinen Sturz aufgefangen und verhindert, dass er sich weiter ins Tal überschlagen hätte.

„Einen Notarzt bitte zum Weinberg ‚Trittenheimer Altärchen'", hörte ich Emmerich neben mir telefonieren. „Schwerer Verkehrsunfall! Ich glaube, wir brauchen auch einen Hubschrauber und verständigen Sie bitte die Feuerwehr zur Bergung des Fahrzeuges!"

Durch die Rebenreihen nach unten zu gelangen, wäre zu aufwändig gewesen. Ich drehte unser Fahrzeug und wir fuhren über den Weg unterhalb unseres Standortes zum Unfallort.

Der Golf lag auf der Beifahrerseite und so versuchten wir, die Fahrertür zu öffnen. Doch da war nichts zu machen. Die Hecktür war ebenfalls eingedrückt und bewegte sich keinen Millimeter. Der Fahrer lag auf dem Beifahrersitz mit dem Rücken gegen der Fahrertür. Sein Gesicht und seine Hände waren blutverschmiert.

Emmerich war zum Wagen gelaufen und kam mit dem Feuerlöscher zurück. Wenn etwas bei der Polizei stimmte, dann war es die Ausrüstung in den Dienstwagen, darauf konnte man sich immer verlassen.

„Ich muss es versuchen. Hoffentlich bekommt er keine Splitter ab."

Emmerich schlug mit dem Löscher die Scheibe der hinteren Tür auf der Fahrerseite ein und versuchte die Tür zu öffnen. Sie klemmte. Wir konnten nur hoffen, dass während unserer Bemühungen die Rebstöcke nicht nachgeben würden. Dann würden wir den Sturz, genauer gesagt, das Überschlagen des Golfs bis ins Tal kaum aufhalten können.

„Wir kommen nicht an den Mann ran, selbst wenn wir die Tür öffnen können!", warnte ich. „Wenn wir in das Fahrzeug klettern, setzen wir uns der Gefahr aus, mit nach unten gerissen zu werden."

In der Ferne hörte ich die Sirenen der Feuerwehr, die immer näher kamen. Schließlich waren sie in Sichtweite und mir fiel ein Stein vom Herzen, dass uns die Verantwortung abgenommen wurde. Da stehst du als erfahrener Polizeibeamter vor einer Situation, von der du glaubst, dass du sie nicht meistern kannst. Ein mulmiges Gefühl.

Ich fuhr unseren Wagen von der Unfallstelle weg und machte den Männern von der Feuerwehr Platz. Ohne viel zu reden, begannen die sofort mit der Arbeit. Sie sicherten das Fahrzeug mit einer Seilwinde und zwei Feuerwehrleute machten sich daran, den Fahrer zu bergen.

Auch der Notarztwagen war inzwischen eingetroffen.

„Ich bin Dr. Klein", stellte sich ein hagerer großer Mann um die dreißig vor und wandte sich direkt an die Feuerwehr, die den Mann inzwischen geborgen und auf eine Trage gebettet hatte.

Dr. Klein untersuchte kurz die Person und legte ihr gemeinsam mit den beiden Sanitätern eine Halsmanschette an.

„Wir brauchen doch den Hubschrauber", sagte er und telefonierte kurz. „Der Mann hat offensichtlich innere Verletzungen und wie es um seine Wirbelsäule steht, kann ich von hier aus nicht sagen. Er ist nicht ansprechbar und kann mir keine Fragen beantworten."

Und zu den Feuerwehrleuten gewandt: „Suchen Sie bitte einen geeigneten Landeplatz, vielleicht oberhalb der Weinberge."

Der Verletzte wurde zu den „Brüdern" geflogen. So wird das Krankenhaus der Barmherzigen Brüder in Trier im Volksmund genannt.

Ich sah Emmerich an. Der nickte. Also nichts wie hin. Unterwegs informierte ich Leni über den Vorfall. Wenn Wittenstein anrufen würde, durfte sie nicht ahnungslos sein.

„Wir brauchen uns nicht zu beeilen", mahnte ich Emmerich zum Langsamfahren. „Bis wir zu dem Mann können, da wird noch einige Zeit vergehen."

„Wir können nur hoffen, dass seine Verletzungen nicht zu schwer sind. Würde mich interessieren, was diesen schnellen Fluchtentschluss auf dem Hof von Rehlinger veranlasste."

„Wir werden es herausfinden."

Mein Handy klingelte. Es klingelte nicht, es spielte den Anfang der ‚Kleinen Nachtmusik' von Mozart. Ich sah auf das Display, dann auf Emmerich und zog die Augenbrauen hoch.

„Hallo, Spürmann", erklang eine mir allzu vertraute Stimme. Wittenberg! Sein Tonfall verhieß nichts Gutes. Und, er hatte bereits jetzt Atembeschwerden. Ich hoffte, dass er das Telefonat durchstand. Seine Allergie, die für das Asthma verantwortlich war, hatte offensichtlich einen Höhepunkt erreicht.

„Spürmann, da schickt man Sie wegen der Aufklärung eines Mordes an einen Tatort und was geschieht? Bis jetzt sind es schon drei Todesfälle, alle mit Fremdverschulden, also insgesamt drei Morde. Mensch, Spürmann, sagen Sie mir, dass die Ermittlungen voranschreiten, dass Sie den Täter bald dingfest machen werden. Bitte, erwecken Sie einen Funken Hoffnung in meiner gequälten Seele."

„Ja, Chef, so ist das Leben. Aber wir versuchen hier alles. Übrigens sind wir gerade auf der Fahrt nach Trier, ins Brüderkrankenhaus."

Ich informierte Wittenstein über unsere bisherigen Ermittlungen und meine Ausführungen endeten mit der Verfolgungsfahrt mit anschließendem Unfall des Flüchtigen.

„Auch das noch!“, resignierte Wittenstein. Der Mann wird doch nicht die Nummer vier in Ihrer Todesliste sein?“

„Das will ich nicht hoffen. Ich brauche diesen Mann noch. Ich brauche seine Aussage. Ich muss wissen, warum er und sein Kumpan vor uns die Flucht ergriffen haben.“

„Glauben Sie, dass er Aussagen zu den Morden machen kann?“

„Ich hoffe es. Aber es kann sich auch herausstellen, dass die beiden Männer aus ganz anderen Gründen die Flucht ergriffen, als sie von unserer Anwesenheit informiert wurden.“

„Wie lange werden Sie zu tun haben? Ich meine, im Krankenhaus?“

„Wenn der Mann nicht ansprechbar ist, sind wir bald fertig.“

„Tun Sie mir einen Gefallen. Lassen Sie sich auf der Dienststelle sehen. Ich erwarte Sie. Auch, wenn es ein paar Minuten nach Feierabend wird.“

„Wir kommen, Chef!“

„Der Chef ist sauer?“, ließ sich Emmerich vernehmen.

„Ach was, würde ich nicht so ausdrücken. Ungeduldig. Er ist eher ungeduldig. Aber, gut Ding will Weile haben.“

24. Kapitel

Im Krankenhaus waren wir tatsächlich schnell fertig. Ins Krankenzimmer durften wir noch nicht. Der Fahrer war nach Angaben der Ärzte nicht ansprechbar. Seine Kopfverletzungen schienen nicht ohne zu sein.

Wir ließen uns die Personalien des Mannes geben und nachdem wir uns versichert hatten, dass zumindest in den nächsten Tagen keine Entlassung verfügt werden würde, fuhren wir ins Präsidium.

„Pjotr Kiverna, ist uns der Name schon mal untergekommen?“, fragte Emmerich unterwegs.

Ich schüttelte den Kopf. „Wir werden ihn auf der Dienststelle checken lassen.“

Es war richtig gut, mal wieder in heimischen Gefilden zu sein. Emmerich folgte mir in das Büro, in dem Leni und ich unserer Arbeit nachgingen. Leider war niemand da, der uns hätte verwöhnen können.

„Einen Kaffee?“

„Gerne.“ Emmerich stand schon am Fenster und schaute über die Häuser der Stadt.

„Ich hätte auch gerne einen!“

Wittenstein! Es war Willibald Wittenstein, mein Chef. Was heißt, mein Chef. Er war auch der Chef von Werner Emmerich, denn, alle Geschicke, auch die in Idar-Oberstein, gingen vom Polizeipräsidium Trier aus. Ich stellte Wittenstein meinen Kollegen Emmerich vor und machte mich an der Kaffeemaschine zu schaffen.

„So, meine Herren, und nun zu Ihnen. Tun Sie mir einen Gefallen und machen Sie mir Hoffnung, dass dieser Fall, ach, was sage ich, diese Fälle, bald geklärt werden. Was war denn nun mit diesem Unfall, mit dieser Verfolgungsjagd? Sind wir denn hier bei James Bond, oder was?“

„Wir kommen gerade aus dem Krankenhaus. Man konnte uns dort noch nichts sagen. Wir wissen gerade mal, wer der Mann ist. Ein polnischer Erntehelfer, der auf einem Winzergut in Trittenheim gearbeitet hat. Pjotr Kiverna. Die genauen Personalien kann uns die Datenstelle im Haus liefern, er hatte keine Papiere dabei.“

„Dann hoffen wir, dass wir seine Personalien irgendwo finden.“ Wittenstein griff zum Telefon und gab einige Anweisungen.

„Ja, Pjotr Kiverna, polnischer Staatsangehöriger. Mehr ist momentan nicht bekannt. Sehen Sie mal nach, ob die Person strafrechtlich in Erscheinung getreten ist, ob er ED-behandelt wurde und so weiter. Rufen Sie mich zurück!“

Ich staunte nicht schlecht. Das war das erste Mal, dass mir Wittenstein die Arbeit abnahm.

„Ich hoffe, dass das mit den Milchvergiftungen nun ein Ende hat.“ Wittenstein zeigte sich ungewohnt besorgt. „Wenn das nicht aufhört, muss ich doch noch eine Kommission nach Idar-Oberstein abordern. Ich kann dann nicht mehr begründen, dass zwei meiner Leute die Angelegenheit im Griff haben. Das nimmt mir dann keiner mehr ab.“

„Und was ist mit den Kollegen aus Idar-Oberstein? Emmerich und die anderen? Wir sind doch zu viert. Eine gute Kommission. Ein paar Leute mehr können den Erfolg auch nicht herbeizaubern.“

„Das ist alles schön und gut. Aber nur wenn Sie Erfolg haben, ist diese Kommission, wie Sie sie nennen, ein gutes Team. Auch meine Position hängt ein wenig mit davon ab. Ich werde ebenso mit einem Erfolg oder einer Niederlage identifiziert wie Sie und Ihre Leute. Also, Spürmann, ich gebe Ihnen fünf Tage. In fünf Tagen können Sie viel tun. Halten Sie sich ran! Stellen Sie die Welt auf den Kopf, aber tun Sie was. Fünf Tage, keine Minute mehr!“

Wittenstein keuchte. Sein Asthma hatte ihn wieder eingeholt und dieses Mal tat er mir sogar leid. Der Grund seiner Allergie konnte einfach nicht gefunden werden und so wurden seine Beschwerden von Tag zu Tag schlimmer. Besonders dann, wenn er sich anstrengte.

Normalerweise hakte ich in solche Redepausen ein. Denn dann konnte ich meinen Teil zur Unterredung beitragen. Aber heute fiel mir nichts ein. Er hatte ja Recht. Verdammt, wir mussten die Täter ermitteln. Es durfte nicht noch mehr Unheil passieren!

Das Telefon läutete und ich meldete mich. Es war die EDV-Stelle. Ich notierte die durchgegebenen Daten mit und legte auf.

„Also wissen wir zumindest, mit wem wir es zu tun haben. Pjotr Kiverna, geboren am 12. März 1968 in Warschau, also 39 Jahre alt. Erkennungsdienstlich behandelt im vergangenen Jahr in Zwickau. Lichtbilder liegen vor. Wir werden die Unterlagen in Kürze auf dem Schreibtisch haben."

Emmerich hatte die ganze Zeit über geschwiegen. Seitdem wir in meinem Büro angekommen waren, hatte er kein Wort gesprochen. Jetzt meldete er sich und das sofort mit einem Volltreffer.

„Heiner, kannst du dich erinnern? An den Vorfall in Zwickau, meine ich. Dort kam es doch auch zu einer Milchvergiftung in einem Kaufhaus der Reihe ‚Gutkauf'. Schmitt, glaube ich, hieß die Geschädigte."

Ich erinnerte mich. Natürlich! Es war der einzige Fall außerhalb von Idar-Oberstein. Ein Ablenkungsmanöver schien uns nicht ausgeschlossen. Doch wir hatten keinerlei Anhaltspunkte. Elvira Schmitt in Zwickau, genau!

„Das bedeutet, dass Kiverna zumindest einen Bezug nach Zwickau hat oder hatte. Er wurde ja nicht unbegründet gerade dort erkennungsdienstlich behandelt.

„Wir brauchen alle Informationen, die über Kiverna bei der Dienststelle in Zwickau vorliegen. Ich glaube, per Telex geht das am schnellsten."

„Wenn das mal kein Anhaltspunkt ist", meldete sich Wittenstein, der immer noch im Raum war und aus dem Fenster sah. „Ich wünsche Ihnen viel Glück. Halten Sie mich auf dem Laufenden!" sagte er im Hinausgehen und der Funke Hoffnung, der uns alle überfiel, schien sich in Wittensteins aufrechtem Gang wider zu spiegeln.

25. Kapitel

Der Abend bricht schon früh herein über Neumagen. Es ist Spätherbst, deshalb schalten sich um achtzehn Uhr schon die Straßenlampen ein. In den Straßen ist es ruhig, kaum Bewegung. Auch die Touristenschar hat sich um einen großen Anteil verringert. Vereinzelt stehen noch Busse auf den Parkplätzen und warten auf ihre Insassen, um sie nach einem feuchtfröhlichen Abend bei Weinproben der zahlreichen Winzerbetriebe wieder heil nach Hause zu chauffieren.

Es ist ein wolkenloser Abend und das Mondlicht spiegelt sich im scheinbar ruhigen Gewässer der Mosel. In den Weinbergen kann man ab und zu das Aufblinken von Scheinwerfern feststellen. Es sind die Lesewagen der Winzer, die bis in den Abend hinein die kostbaren Trauben von Riesling, Kerner oder der Müller-Thurgau-Rebe in den Ort bringen. Vor den Leuten liegt noch eine Menge Arbeit und es wird für sie eine kurze Nacht werden.

Vereinzelt schlendern Liebespaare, nicht nur der Kälte wegen aneinandergeschmiegt, an der Moselpromenade entlang, um dann in den schon früh geöffneten kleinen gemütlichen Weinlokalen zu verschwinden.

Die Urlaubssaison und der damit verbundene Tourismus weichen dem heimischen Alltag und nun, da die Zeit mit Riesenschritten dem November zustrebt, wird es ungemütlich auf den Straßen Neumagens.

Das gilt auch für die Person, die sich in eine Toreinfahrt klemmt, den Kragen des ungefütterten Anoraks bis zu den Ohren ziehend. Der Mann ist kaum zu erkennen in seiner dunklen Kleidung, mit seinen dunklen Haaren und auch der Gesichtsfarbe fehlt die abendliche Blässe, wie sie den Einheimischen in den meisten Fällen eigen ist.

Der Mann heißt Jacek. Franticek Jacek, und hat als Erntehelfer in Trittenheim im Weingut Claus Rehlinger gearbeitet. Sein Abgang dort war wenig rühmlich, aber seine Habseligkeiten befinden sich immer noch dort, die muss er haben. Dann will er verschwinden, ehe ihn die Polizei findet.

Jacek friert. Er zieht sich seine Jacke enger um den Körper, ohne damit wirklich mehr Wärme zu erfahren.

„Wo wird mein Kumpel sein?", denkt er bei sich. „Man wird ihn doch hoffentlich nicht geschnappt haben. Diese verdammte Verfolgungsjagd! denkt er. Ich konnte vorher, Gott sei Dank, das Fahrzeug verlassen. Aber wo ist Pjotr jetzt?"

Jacek hat die vielen Polizei- und Feuerwehrautos gesehen, doch warum sollte der Aufmarsch Pjotr gegolten haben? Der war doch sicher mit dem Golf schon über alle Berge. Dem gestohlenen Golf seines ehemaligen Arbeitgebers, dem Winzer Claus Rehlinger.

Jacek sieht sich nach allen Seiten um. Es sind kaum Autos in den Straßen und so eilt er schnellen Schrittes auf dem Gehweg der Fahrbahn entlang, in Richtung Trittenheim.

Immer noch transportieren die Lesewagen ihre kostbare Fracht in die Keller der Weinbetriebe und Jacek hat Glück. Einer der vollbeladenen Wagen, gezogen von einem kräftigen Unimog biegt gerade auf die Moselstraße ein und biegt nach rechts ab in Richtung Trittenheim.

Jacek erfasst diese Gelegenheit beim Schopf. Bevor das Fahrzeug wieder beschleunigen kann, hangelt er sich an der Rückseite des Hängers hoch, findet Halt und bleibt so an die Bracke gedrückt festgekrallt, bis ihm die Hände gefühllos vorkommen. Er schafft es noch bis über die Brücke auf die andere Seite von Trittenheim und springt auf die Straße. Bis zu dem Weingut sind es nur ein paar hundert Meter, die legt er zu Fuß zurück, immer sichernd um sich schauend. Als er ein Polizeifahrzeug in langsamer Fahrweise und offensichtlich nach etwas suchend, wahrnimmt, versteckt er sich hinter einem Baum, bis die Rückleuchten in der Ferne verschwinden.

Auf dem Hof von Rehlinger findet die Arbeit heute innerhalb des Betriebes statt. Filtern des Mostes und Abfüllen in die Fässer, das sind die Arbeitsgänge des heutigen Abends. Auf dem Hof ist niemand zu sehen.

Jacek schleicht, sich in alle Richtungen vergewissernd, dass er unbemerkt bleibt, an dem Gebäude vorbei zu dem Trakt, an dem sich das Zimmer befindet, dass er mit Pjotr Kiverna teilt. Niemand hat ihn bis hierher beobachtet, der Hof ist menschenleer und die Dunkelheit verschluckt den Mann in der dunklen Kleidung.

Das Fenster zu besagtem Zimmer ist verschlossen, verharrt allerdings in der Kipp-Stellung. Es ist für Jacek ein Leichtes, das Fenster mit roher Gewalt und dennoch fast geräuschfrei zu öffnen und in das Zimmer einzusteigen. Licht braucht er keines, er kennt sich hier wie in seiner Westentasche aus. Dem Schrank entnimmt er seine Reisetasche aus hartem Leinen und stopft einige Kleidungsstücke wahllos hinein. Seine persönlichen Dinge wie Armbanduhr, Taschenmesser und einen kleinen Kassettenrekorder nimmt er ebenfalls an sich.

Dann fühlt er an der Kleiderstange entlang und greift schließlich nach einem aus Draht geflochtenen Kleiderbügel. Er zieht seinen gefütterten Anorak an, knickt den Kleiderbügel und steckt ihn in dessen Seitentasche. Dann verlässt er das

Zimmer auf dem gleichen Wege, wie er gekommen ist.

Auf dem Hof bleibt Jacek auch unentdeckt, als er das Gelände wieder in Richtung Trittenheim verlässt, gekleidet in seine dicke Jacke, in der rechten Hand die gefüllte Reisetasche.

Jacek verfolgt ein bestimmtes Ziel. Auf einem unbeleuchteten Parkplatz nimmt er aus seiner Jackentasche den Kleiderbügel aus Draht und knickt ihn so lange, bis er an einer Stelle bricht. Dann biegt er ihn gerade und versieht ihn am Ende mit einer Schlaufe, die er mit seinen Händen formt. Dann durchstreift er die Reihe der parkenden Fahrzeuge und bleibt bei einem älteren Modell stehen, das seinen Vorstellungen entspricht. Die Verriegelungsknöpfe der Tür sind nicht, wie bei den neuen Modellen, im Türpolster versenkt, sondern bieten die Angriffsfläche, die er sich vorstellt. Und so ist es für ihn ein Leichtes, das Fahrzeug zu öffnen und die Zündung kurzzuschließen.

Jacek schaut sich noch einmal auf dem Parkplatz um. Es ist alles ruhig, niemand, der sein Fahrzeug aufsucht, niemand, der in besseren Absichten als Jacek den Abend durchstreift.

Ein letzter Blick in den Rückspiegel und Jacek fährt davon. Das alte japanische Modell heult auf und bald verschwinden seine Rückleuchten in der Ferne.

Jacek hat ein Ziel, ein bestimmtes Ziel. „Da muss noch einiges geklärt werden“, denkt er. Er kann nicht ahnen, dass es danach kein weiteres Ziel mehr für ihn geben wird.

26. Kapitel

„Ich mache dir folgenden Vorschlag, Werner“, wandte ich mich an Emmerich, als Wittenstein das Büro verlassen hatte. „Heute werden wir im Krankenhaus keinen Erfolg mehr haben. Kiverna ist vor morgen nicht ansprechbar, wenn überhaupt. Wir ersparen uns die Rückfahrt nach Idar-Oberstein und übernachten bei mir. In der Strohwitwer-Wohnung ist momentan Platz genug und wir ersparen uns die erneute Anreise."

Emmerich nickte. „Ich nehme die Einladung gerne an. Wie weit ist es bis zu deinem Dorf?"

„Bis Forstenau? Rund zwanzig Kilometer, ein Katzensprung. Und weil der Abend uns heute ganz alleine gehört, werden wir mal sehen, wie es meinem Stammtisch geht. Ein Bierchen im ‚Hochwald-Stübchen', das haben wir uns doch verdient, meinst du nicht auch?"

„Die Idee ist gar nicht mal so schlecht." Emmerich zog sein Handy aus der Jackentasche.

„Ich rufe Susanne Quarto an, damit sie uns erreichen kann, wenn es erforderlich wird. Könnte ja sein, dass der Kumpel des Polen festgenommen wird."

„In Ordnung, Werner. Der müsste dann so oder so warten, bis wir hier fertig sind. Oder Leni und Susi müssten sich vorerst um ihn kümmern. Wir müssen das mit Kiverna hier durchziehen."

„Ich rufe sie trotzdem an."

Werner wählte die Nummer und gab kurze Instruktionen.

„So, alles geklärt. Was ist? Wolltest du mir nicht deinen Ort zeigen?"

Gegen achtzehn Uhr kamen wir in Forstenau an. Unser erster Weg führte uns in meine Wohnung. Erst einmal duschen, unter heißem Wasser entspannen, danach einen Cognac, ein schönes Glas Rotwein, dazu ein kleiner Imbiss. Ja genau in dieser Reihenfolge. Nein, keinen Imbiss, dachte ich. Das erledigen wir im „Hochwald-Stübchen".

Ich war schon gespannt auf Siggi und Lizzy Vollmann, die Wirte der kleinen Kneipe. Hatten sie sich von dem schrecklichen Vorfall in Verbindung mit dem grausamen Mord an Rietmaier schon erholt? Würde Pastor Adalbert Schaeflein mir noch gram sein, dass ich versucht hatte, ihm ein Beichtgeheimnis zu entlocken? Schließlich war Schaeflein, ebenso wie Siggi, Mitglied unseres Stammtisches. Es wurde allerhöchste Zeit, dass der Stammtisch seine ursprüngliche Freude wiederfinden würde.

„Ich habe gehört von dem Fall, den du hier zu bearbeiten hattest," sagte Emmerich später bei einem Glas Rotwein. „Ist sicherlich nicht einfach, im eigenen Dorf einen Mordfall aufklären zu müssen?"

„Ach, weißt du, damit hatte ich die wenigsten Probleme. Schlimm ist es allerdings, wenn Freunde in die Tat verwickelt sind. Und genau so schlimm sind manchmal die Motive, die sie zu solchen Taten zwingen. Lass uns aufbrechen. Lissy hat bestimmt was Leckeres auf der Speisekarte."

Das „Hochwald-Stübchen" hatte an diesem Abend einen ungewöhnlich hohen Zulauf. Es hatte offensichtlich damit zu tun, dass sich die letzten Feriengäste auf ihre Abreise vorbereiteten und noch einmal das hochwälderische Flair genießen wollten.

Schon in der Tür wehte uns ein appetitlicher Duft von Essen entgegen. Wie es schien, hatte Lissy heute ihre Spezialität auf der Speisekarte: Hochwälder Hähnchenflügel. Lissy stand wie immer hinter der Theke, spülte Gläser und zapfte Bier. Als sie uns hereinkommen sah, flog ein Lächeln über ihre Gesichtszüge.

„Hallo, Herr Spürmann, das freut mich aber! Wo waren Sie die ganze Zeit? Sehen Sie mal da hinten! Die wissen fast nichts mit sich alleine anzufangen.

Ich sah nach hinten und stellte erfreut fest: Mein Stammtisch! Nicht zu fassen: Er war komplett! Da war Siegfried Brandel, der Feuerwehrchef, Dieter Lauheim, der Verfechter von Kultur und Tourismus, Adalbert Schaeflein, der Gemeindepfarrer und Detlef Hildebrandt, ehemaliger Ortsbürgermeister und derzeitiger Leichenbestatter. Auch Florian Glasheber, Förster und Freund von Weizenbier, war anwesend. Und natürlich Siggi Vollmann, der dem Stammtisch am Abend nur sporadisch angehörte, weil er auch noch seinen Job in der Gaststätte zu machen hatte.

Hatte man mich zu früheren Zeiten noch mit einem Hallo empfangen, war die Begrüßungszeremonie an diesem Abend um einige Grad kühler. Ich hatte auch nichts anderes erwartet. Es dauert eben lange, bis über manche Dinge Gras gewachsen ist.

Der einzige, der seine Freude, mich zu sehen, offen zeigte, war Siggi Vollmann.

„Hallo, Herr Spürmann. Ich freue mich, Sie zu sehen. Setzen Sie sich zu uns."

Ich stellte Emmerich als meinen Kollegen vor und begrüßte jeden mit Handschlag. Schaeflein und ich schauten uns dabei lange in die Augen.

„Frieden?", fragte ich.

„Frieden allen Menschen auf Erden und natürlich auch Ihnen."

„Frieden zwischen uns?"

Schaeflein zögerte kurz und lächelte dann.

„Frieden!"

Hildebrandt schlug beim Handschlag die Augen nieder. Ich hatte seine Frau hinter Gitter gebracht, ich konnte es verstehen.

Lauheim schaute der Begrüßung von der Seite her zu. Ihn begrüßte ich als Letzten und setze mich auf den freien Platz neben ihm.

„Danke, dass Sie mich nicht verraten haben", flüsterte er mir ins Ohr. Lauheim hatte mich damals über die Familienverhältnisse der Vollmanns aufgeklärt, was zur Klärung des Falles beigetragen hatte.

„Meine Herren, mein Kollege Emmerich und ich sind sozusagen nur auf der Durchreise. Darf ich Sie zu einer Runde einladen? Lissy!“

„Ich mach`das schon“, sagte Siggi und kümmerte sich um die Getränke.

Der Abend verlief nicht so, wie ich es mir vorgestellt hatte. Es kam kein richtiges Gespräch auf, alles wirkte verkrampft. Emmerich und ich stärkten uns mit Lissy`s hervorragenden Hähnchenflügeln und brachen kurz darauf auf.

„Die brauchen zum Teil noch etwas Zeit“. Ich schloss die Tür zu meiner Wohnung auf. „Einen Absacker noch“?

Es wurde ein langer Abend und dazu ein feuchter. Morgen würde es wahrscheinlich wieder ein langer Tag werden. Wie Recht ich mit meiner Vermutung hatte, sollte sich alsbald zeigen.

27. Kapitel

Der klapprige Wagen schafft es gerade noch bis an die Tore Idar-Obersteins, ehe es nach einigen röhrigen Hustenanfällen seinen Dienst versagt. Ein Blick auf die Tankuhr bestätigt Franticek Jacek seinen Verdacht. Der Tank hat seine letzten Treibstofftropfen von sich gegeben. Ein wertloser Haufen Blech umgibt den Fahrer, der diesen fahrbaren Untersatz unter unrühmlichen Umständen in seinen Besitz gebracht hat.

Jacek verlässt das Fahrzeug und geht in Richtung Innenstadt, nicht ohne vorher noch einmal kräftig mit dem Fuß gegen einen Vorderreifen zu treten. Seine Reisetasche hat er unter den rechten Arm geklemmt, den Kopf in den wärmenden Kragen seines gefütterten Anoraks eingezogen.

Jacek schaut auf die Kirchenuhr. Es ist kurz nach Zehn am Abend. Er muss telefonieren. Eine Telefonzelle. Er muss eine Telefonzelle finden! Aus seiner Hosentasche kramt er ein paar Münzen und zählt nach. Das müsste reichen. In der Nähe des Krankenhauses findet er die gesuchte Zelle und wirft eine Münze ein. Er wählt und wartet.

Plötzlich zuckt er zusammen. Jemand meldet sich am anderen Ende der Leitung.

„Ich bin alleine, weiß nicht, wo Pjotr ist. Polizei sucht uns. Sie müssen uns helfen!"

Jacek hört seinem Gegenüber zu und beginnt, nervös zu werden.

„Sie müssen uns helfen. Wir brauchen Geld. Wir haben gearbeitet dafür. Sie müssen bezahlen!"

Jacek tritt von einem Bein auf das andere und sieht sich dabei um, während er weiter zuhört. Das, was sein Gesprächspartner ihm sagt, ist absolut nicht in seinem Interesse.

„Wenn Sie nicht zahlen, geh` ich zur Polizei. Dann sind Sie mit dran. Wir brauchen das Geld", wiederholt sich Jacek.

Am anderen Ende der Telefonleitung bleibt es ruhig. Jacek`s Gegenüber scheint zu überlegen. Kurz darauf nickt Jacek. Die andere Person hat ihm offensichtlich einen Vorschlag gemacht.

„Ja, wir können uns treffen. Wann? Wo?"

Der Vorschlag des anderen scheint Jacek nicht zu passen. „Das ist zu weit."

Es entsteht eine kleine Diskussion, die offenbar zu Jacek`s Zufriedenheit endet.

„Ist gut, ich komme. In einer Stunde. Am Nahe-Ufer. Ja, ich weiß wo, ich kenne die Stelle."

Jacek legt den Hörer auf die Gabel, schnappt seine Reisetasche, zieht den Kopf in den wärmenden Kragen seiner gefütterten Jacke und zieht los, dem ausgemachten Treffpunkt, dem Ufer der Nahe, entgegen.

28. Kapitel

Wir machten uns schon früh am Morgen auf den Weg, Emmerich und ich. Bevor wir ins Krankenhaus nach Trier fuhren, wollten wir noch beim Polizeipräsidium vorbeischauen und nachsehen, ob es irgendwelche Neuigkeiten gäbe.

Um es vorweg zu sagen, es gab nichts Neues. Ich rief Leni auf der Dienststelle in Idar-Oberstein an.

„Hallo, Heiner, wo treibt ihr beide euch nur rum? Wir vermissen euch hier!"

Ich erzählte Leni von unserem Vorhaben, mit Pjotr Kiverna sprechen zu wollen. „Gibt es bei euch etwas Neues? Ich meine, ist der zweite Pole, der Jacek, inzwischen festgenommen oder gibt es irgendeine Spur, wo er sich aufhalten könnte?"

„Negativ. Die Fahndung läuft auf Hochtouren. Wie geht es eurem Delinquenten? Ist er ansprechbar?"

„Wir werden es heute Morgen feststellen. Ich melde mich dann wieder."

Ich wollte gerade auflegen, da meldete sich Leni noch einmal. „Lisa hat angerufen. Sie kommt übermorgen zurück nach Forstenau."

„Warum hat sie mich nicht angerufen?"

„Hat sie. Gestern am späten Abend. Aber du seist nicht an dein Handy gegangen."

Gestern Abend. Ach, ja, der Schlummertrunk!

„Ich hatte mein Handy ausgeschaltet. Habe mit Emmerich noch was getrunken und wollte meine Ruhe haben. Ich werde versuchen, Lisa zu erreichen."

„Das kannst du knicken. Lisa hat mir aufgetragen, dir zu sagen, dass das keinen Wert hätte. Die Gruppe ist unterwegs zu Besichtigungen. Ich soll dich grüßen und sie freut sich auf übermorgen.

„Ja, Danke Leni, das tue ich auch", sagte ich etwas geistesabwesend. Lisa schien sich gut zu amüsieren, ohne mich, mit ihren Frauen. Hallo, Heiner, sei doch froh darüber, sagte ich mir. Übermorgen ist sie wieder da, bei dir. Gönne ihr doch diese Tage, von denen sie so begeistert ist!

Im Brüderkrankenhaus empfing uns der behandelnde Arzt.

„Dr. Hauser, ich bin der Oberarzt", stellte sich der Mediziner vor. Er war noch ziemlich jung für einen Oberarzt, aber er machte einen sicheren und kompetenten Eindruck auf mich.

„Ich glaube nicht, dass Sie viel erreichen werden", sagt Hauser. „Der Patient ist zwar bei Bewusstsein, aber eine Unterhaltung? Na ja, ich gebe Ihnen genau fünf Minuten. Aber auch nur deshalb, weil ich glaube, dass ich ihm damit nicht schaden kann. Er wird Ihnen kaum helfen können."

„Welcher Art sind die Verletzungen?"

„Fragen Sie mich lieber, welche Verletzungen der Mann nicht hat. Zahlreiche Brüche der Extremitäten, Lungenquetschung, Leberriss, einen Schädelriss und zahlreiche Blessuren, die in der Wichtigkeit dieser Verletzungen untergehen."

Kiverna lag in einem Einzelzimmer. Er war kaum zu erkennen zwischen seinen Verbänden und Bandagen. Sein Gesicht war zum größten Teil frei, seinen Kopf verdeckte ein dicker weißer Verband.

Emmerich und ich traten an das Bett.

„Kiverna, Herr Kiverna, hören Sie mich?" versuchte ich mir mit leisen, aber bestimmten Worten Gehör zu verschaffen. Wenn der Arzt uns schon hier reinließ, dann konnte es doch nicht so schlimm sein, dass er uns nicht hören würde.

„Kiverna", wiederholte ich und langsam schlug der Mann die Augen auf.

„Sie hatten einen schweren Verkehrsunfall, aber Sie werden durchkommen. Es wird alles gut werden", versuchte ich erst einmal beruhigend auf ihn einzuwirken.

„Herr Kiverna, wir sind von der Kriminalpolizei. Sie können uns helfen. Wir wissen, dass Sie und Jacek in eine Reihe strafbarer Handlungen in und um Idar-Oberstein verwickelt sind. Wenn Sie uns helfen, werden wir auch für Sie da sein. Eine Hand wäscht die andere. Wer steckt hinter den Milchvergiftungen in den vergangen Wochen? Sie wissen es! Helfen Sie uns, damit nicht noch mehr Unheil passiert!"

Ich wusste nicht, ob Kiverna überhaupt verstand, was ich sagte. Er zeigte keine Regung und hatte die Augen wieder geschlossen. Wir hatten nur noch wenige Minuten. Dann würde der Arzt kommen und uns nach draußen bitten.

„Kiverna, hören Sie mich? Tun Sie es für uns und für sich! Und für unschuldige Menschen, die es bei einem weiteren Anschlag treffen kann! Für Sie ist es noch früh genug. Wenn Sie in einer schwierigen Lage sind, ist es jetzt noch früh genug, da wieder rauszukommen."

Kiverna bewegte die Lippen. Ich schaute Emmerich an und der nickte mit dem Kopf in Richtung des Liegenden.

Ich beugte meinen Kopf zu Kiverna, um vielleicht doch etwas verstehen zu können.

„Kiverna, was haben Sie uns zu sagen?", drängte ich. „Bitte, Sie müssen uns helfen!"

Wieder versuchte der Pole Worte zu formulieren, aber mehr als die Silbe „ett" oder „eck" oder so ähnlich war seinem Geflüster nicht zu entnehmen.

„So, meine Herren, Ihre Sprechzeit ist zu Ende. Sie können gerne ein anderes Mal wiederkommen, wenn der Patient wieder auf dem Damm ist. Aber für heute ist Schluss!"

Oberarzt Hauser machte eine Bewegung mit dem linken Arm in Richtung der Zimmertüre. Ein letzter Blick auf Kiverna, der wieder in einen Tiefschlaf gefallen war, und wir verließen den Raum.

„Danke, Doktor", verabschiedete ich mich von Dr. Hauser. „Würden Sie uns verständigen, wenn Ihr Patient wieder ansprechbar ist? Von einer Unterhaltung mit ihm hängt einiges ab. Ich informierte Hauser stichwortartig über die Vorfälle in Idar-Oberstein und gab ihm meine Karte.

„Ich werde anrufen, verlassen Sie sich darauf."

Auf dem Parkdeck des Krankenhauses blieben Emmerich und ich noch einige Minuten im Wagen sitzen, ehe wir losfuhren.

„Das war ja wohl ein Schlag ins Wasser!" Emmerich kurbelte das Seitenfenster herunter und sog die frische Luft ein. „Und vor allem ein Bluff. Wir wissen nicht einmal, ob die beiden Erntehelfer mit einer der Straftaten in Verbindung stehen. Bisher wissen wir nur, dass der Name des Winzerhofes Rehlinger auf einem Stück Zettel stand, das bei der Leiche von Jelinek gefunden wurde."

„Und dass die beiden Männer dort gearbeitet haben, wie sich ja auch herausstellte. Was sonst sollte die Notiz auf dem Zettel bedeuten?"

„Das kann doch viel bedeuten!" Emmerich ruderte mit den Armen. „Es kann bedeuten, dass Jelinek dort um Arbeit nachfragen wollte, es kann bedeuten..."

Ich unterbrach den Redefluss Emmerichs.

„Es kann aber auch bedeuten, dass sich die Drei kannten. Diese Annahme macht für mich den meisten Sinn. Da muss man doch auf den Busch klopfen. Es hätte ja auch was bringen können."

„Na ja, er wollte ja auch etwas sagen."

„Er hat etwas gesagt. Nur glaube ich kaum, dass es uns weiterbringt. Verstanden habe ich nur die Silben ‚ett' oder ‚eck', was immer das zu bedeuten hat."

„*Wenn* es etwas zu bedeuten hat."

Emmerich legte den Gang ein und fuhr los.

„Wohin?"

„Ich würde vorschlagen, zum Präsidium. Wir essen dort zu Mittag und fahren dann zurück nach Idar-Oberstein. Susi und Leni werden schon sehnsüchtig auf uns warten."

29. Kapitel:

Franticek Jacek schleicht durch die Innenstadt von Idar-Oberstein, durch die nicht enden wollende Hauptstraße, stets bemüht, ausreichend Deckung vor Beobachtung zu suchen. Seine Reisetasche wird ihm mehr und mehr hinderlich und das Gewicht zieht seinen Arm zu Boden.

Jacek biegt nach links von der Straße ab und schleicht durch Seitenwege hinab zum Nahe-Ufer. In der Dunkelheit findet er sich erst nicht zurecht, doch dann kommt ihm die Umgebung wieder bekannt vor. Der Uferweg und die kleinen Treppen zum Fluss hinab. Das Plätschern des Wassers und der silberne Schein des Mondes. Hier hat er oft an den freien Tagen vor der Weinlese mit Pjotr Kiverna gesessen, Zigaretten geraucht, Wodka dazu getrunken und dem Fließen des Wassers gelauscht.

Es kommt ihm vor, als sei dies schon lange her, dabei war es erst vor einigen Wochen, als er mit Pjotr nach Deutschland kam.

„Wir werden bei der Lese schönes Geld verdienen", hatte Pjotr gesagt. „Das reicht in Polen für ein gebrauchtes Auto, vielleicht sogar für eines für jeden von uns beiden. Es ist ja schließlich nicht das erste Mal, dass wir so etwas machen, denn auch an der Obermosel waren wir beide vor zwei, oder war es schon vor drei Jahren, zur Weinlese. Elbling-Wein haben wir da gepflückt und getragen. Einen Wein, an den man sich beim Trinken erst gewöhnen musste. Aber mit der Zeit wurde er zu unserem Lieblingswein in jenem Jahr."

Jacek seufzt. „Und heute. Heute werden wir verfolgt wie Verbrecher. Verbrecher! Ja, das sind wir! Wir hätten uns nie auf dieses Geschäft einlassen dürfen. Das Geld hätten wir auch auf ehrliche Art verdienen können, wenn auch nicht so viel."

Ja, das Geld. Bisher hat Jacek keines davon gesehen. Aber das wird sich heute Abend ändern. Dafür hat er gesorgt. Schluss wird jetzt sein mit den krummen Geschäften.

„Heute hole ich den Lohn für Pjotr und mich ab. Du wirst staunen, mein Freund. Du wirst dir ein gutes Auto kaufen können. Wenn ich das Geld habe, machen wir uns weg, zurück in die Heimat. Und dann werden wir nie wieder herkommen. Hörst du Pjotr: Nie wieder!"

Jacek hört Motorengeräusch. Aus Richtung der Stadt kommt ein Fahrzeug auf ihn zu gefahren. Es ist ein Auto, eine schwere Limousine. Der Motor brummt leise und der Schotter knirscht unter den wuchtigen Reifen.

„Der kann sich das leisten", denkt Jacek. „Dem macht das bisschen Geld, das wir ihm abzweigen, nicht viel aus. Ja, wir haben uns das Geld verdient. Wir haben die Drecksarbeit für ihn gemacht. Das Geld ist uns versprochen und es wird uns guttun, drüben, in Polen."

Der dunkle Wagen hält etwa zehn Meter vor Jacek an. Das Licht blendet ihn. Aus dem Fahrzeug steigt eine Person, langsam, das kann Jacek hören auf dem schotterigen Boden.

„Sind Sie das?", fragt er in die Nacht hinein und versucht mit zugekniffenen Augen, die Person auszumachen. Doch er kann nichts erkennen, er hört nur die langsamen Schritte und starrt in den Schein der ihn blendenden Taschenlampe.

Jacek erhebt sich aus seiner sitzenden Haltung von den Stufen der Treppe, die hinunter zur Nahe führt und dreht sich zu dem Mann herum.

„Haben Sie das Geld dabei?“, fragt Jacek erwartungsvoll. Gleich wird er so viel Geld haben, wie er es in seinem ganzen Leben noch nicht besessen hat. Er kann den Mann immer noch nicht erkennen, denn gesprochen hat der bis jetzt nicht ein einziges Wort.

Jacek kneift die Augen zusammen. Sie haben sich langsam an das grelle Licht gewöhnt. Er erkennt die Silhouette des Mannes, der nun stehen bleibt.

„Haben Sie unseren Lohn dabei?“, fragt Jacek noch einmal.

Die Antwort des Mannes hört er nicht mehr, denn der Schlag in die Brust ist schneller als alle Worte. Jacek verspürt keinen Schmerz, um ihn herum ist Stille. Das Licht vor seinen Augen wird heller und heller. Er merkt nicht einmal mehr, wie er nach hinten taumelt und als er die Wasseroberfläche der Nahe berührt, hat Jacek sein Leben bereits ausgehaucht.

30. Kapitel

Gegen fünfzehn Uhr trudelten wir auf der Dienststelle in Idar-Oberstein ein. Emmerich stellte den Dienstwagen in der Garage ab und gerade, als wir das Fahrzeug verlassen wollten, verlangte der Polizeifunk nach uns.

„Lass es gut sein, wir erfahren ja gleich, worum es geht“, sagte ich zu Emmerich und schloss die Beifahrertür. „Wahrscheinlich haben unsere Kolleginnen Sehnsucht nach uns.“

„Na, lebt der Mann noch?“, empfing mich Leni.

„Ja, wenn auch schwer verletzt und nicht ansprechbar. Warum fragst du?“

„Wir haben heute seinen Kumpel Franticek Jacek aus der Nahe gezogen. Und stell dir vor: Er ist nicht ertrunken.“

„Wie, aus der Nahe gezogen, ich verstehe nicht? Aus welchem Grund? Was heißt: Er ist nicht ertrunken?“

„Er wurde erschossen. Nach Auskunft des Arztes gestern Abend, so zwischen 22 Uhr und Mitternacht.“

„Erschossen? Vom wem? Doch nicht von Polizisten?“

„Nein, natürlich nicht. Ein Schuss, genau ins Herz. Nicht aus nächster Distanz, aber offensichtlich aus einer Entfernung unter zehn Metern. Das Projektil ist wie Butter durch seinen Körper marschiert, wahrscheinlich neun Millimeter, vielleicht ein Trommelrevolver.“

Ich sah Emmerich an. „Verstehst du das? Wo hat Jacek seinen Mörder gefunden? Und warum wurde er erschossen? Wer hatte ein Interesse daran, ihn zu beseitigen?“

„Wenn du mich so fragst, vielleicht hatte jemand eine Rechnung mit Jacek offen. Vielleicht ging es um dubiose Geschäfte, die Jacek nicht eingehalten hatte. Vielleicht, vielleicht... ich weiß es nicht.“

Die Bürotür öffnete sich und Susanne Quarto kam herein.

„Habt ihr schon einmal daran gedacht, dass es eventuell einen Zusammenhang mit dem Mord an Jelinek gibt? Ich erinnere an den Zettel mit der Adresse des Weingutes Rehlinger. Vielleicht hatte Jelinek doch Kontakt zu Jacek und natürlich dann auch zu Kiverna. Jelinek ist tot. Und auch Schäfers, dessen Name auf demselben Zettel stand. Wer hier im Raum glaubt da noch an Zufälle?“

Wir sahen uns der Reihe nach an. Emmerich nickte gedankenverloren und Leni stellte sich neben Susi. Solidarisch sozusagen.

Mir fiel ein, was Kiverna im Krankenhaus sagte oder sagen wollte. Es war die eine Silbe, die entweder „wett“ oder „zett“ bedeuten sollte, oder gar etwas anders.

„Vielleicht meinte Kiverna ja „cek“, wie die Endung von Jacek. Hatte Kiverna Angst um Jacek? Wusste er, dass sein Kumpan in Gefahr war? Er wird es uns in den nächsten Tagen nicht sagen können.“

In meinem Kopf rauschte es wie das Zirpen von Millionen von Grillen. Mein Tinnitus hatte wieder voll zugeschlagen. Aber er pfiff nicht, das war doch schon mal ein Fortschritt. Es rauschte und zirpte und ich konnte kaum mehr einen klaren Gedanken fassen. Und ich musste immer an Lisa denken. In zwei Tagen würde sie von ihrer Tour nach Hause kommen.

„Gehen wir nochmal alles von Anfang an durch“, schlug ich vor. „Es muss doch einen Anhaltspunkt für die Reihe der Morde geben, irgendeinen kleinen Hinweis!“

„Und für die Milchvergiftungen. Da gibt es meiner Meinung nach enge Verbindungen, ihr werdet es sehen!“, meldete sich Leni zu Wort.

„Also noch mal von vorn: Da waren die Milchvergiftungen, denen der Landstreicher Radtke zum Opfer fiel. Kurz darauf wird die Leiche von Jelinek aus der Talsperre ‚Talbrück‘ geborgen. In dessen Taschen finden sich Hinweise auf das Weingut Rehlinger in Trittenheim und auf Helmut Schäfers in Weilersberg. Schäfers wird ebenfalls ermordet und auf dem Weingut arbeiten zwei Erntehelfer aus Polen, die Jelinek offensichtlich kannten. Was sollte sonst der Hinweis auf dem Zettel? Richtig?“

„Richtig“, spann Emmerich den Faden weiter. „Es war offensichtlich eine tödliche Bekanntschaft, denn einer der beiden Helfer, Jacek, ist ebenfalls tot. Ich frage mich, ob in allen Fällen derselbe Täter in Frage kommt.“

„Die Ausführungen der Morde sind mir da zu unterschiedlich.“ Susi legte die Stirn in Falten, was bei ihr irgendwie lustig aussah. „Wenn der Täter jeweils derselbe gewesen ist, warum hat er dann nicht alle Opfer erschossen oder ihnen den Hals durchgeschnitten?“

„Oder sie in der Talsperre versenkt.“ Emmerich nickte verständnislos. „Ich glaube, wir sind auf der richtigen Spur, aber die Rollenverteilung stimmt noch nicht. Das war nicht nur ein Täter. Was, wenn sie sich gegenseitig umgebracht haben? Aber aus welchem Grund?“

Ich sah es ähnlich wie Emmerich. Aber da fehlte ein gravierender Mosaikstein. Keiner von ihnen hatte ein brauchbares Motiv. Warum sollten sie die Vergiftungen durchführen? Was hätten sie davon gehabt? Genauer gefragt: Welchen Vorteil hätten sie gehabt? Vielleicht hatten sie einen Auftraggeber. Dann würde sich auch die Frage nach dem Motiv erübrigen.

„Wer sagt uns eigentlich, dass Pjotr Kiverna im Krankenhaus in Trier sicher untergebracht ist?“, gab Leni plötzlich zu bedenken. „Vielleicht steht er auch schon auf der Todesliste.“

Wir sahen uns alle erstaunt an. Leni hatte Recht. Warum sollte Kiverna nicht in Gefahr sein? Er war der einzig Verbliebene aus der Reihe der Personen, mit denen wir es bisher zu tun hatten und die alle, bis eben auf Kiverna, tot waren.

„Ich werde die Kollegen in Trier veranlassen, für seine Sicherheit zu sorgen. Am besten, ich verständige Wittenstein. Der wird sowieso im Dreieck springen, wenn er von einem weiteren Toten erfährt.“

Ich griff zum Telefon und wählte Wittensteins Nummer.

„Hallo, Spürmann, wenn Sie anrufen, bedeutet das nichts Gutes. Sind Sie inzwischen weitergekommen? Ich habe erfahren, dass Sie im Krankenhaus bei dem Unfallopfer waren. Spürmann, was wollten Sie da? Der Mann war doch in keiner Hinsicht vernehmungsfähig! Man hat mich von Seiten des Krankenhauses gebeten, meine Leute zu instruieren, in solchen Fällen nicht auf einer Anhörung zu bestehen."

„Von dem Arzt hatten wir die ausdrückliche Erlaubnis. Und Druck konnten wir keinen auf den Patienten ausüben, denn der war tatsächlich kaum ansprechbar. Dennoch kommen wir nicht umhin, noch einmal mit ihm zu reden, sobald es sein Zustand zulässt."

„Also, Spürmann, was haben Sie auf dem Herzen? Sie wollen mir doch hoffentlich nicht noch einen Toten präsentieren, haha, langsam mache ich selbst Witze darüber."

„Also Chef, das mit den Witzen sparen Sie sich besser auf, denn Sie haben den Nagel auf den Kopf getroffen."

Ich sah zu Leni hinüber, die ein Schmunzeln nicht verkneifen konnte.

„Spürmann, bitte, sagen Sie, dass das nicht wahr ist!"

Wittenstein begann zu keuchen. Offenbar steigerte sich sein Asthma auch bei Aufregungen. Er hustete und es entstand eine kleine Pause.

„Chef, die Sache ist die." Ich klärte Wittenstein über den Tod von Jacek auf und vermittelte ihm die von uns angenommenen Zusammenhänge. Auch, dass sich Kiverna wahrscheinlich in Lebensgefahr befand, teilte ich ihm mit und bat ihn gleichzeitig, für eine ständige Kontrolle des Krankenzimmers des Polen zu sorgen.

„Spürmann, ich bitte Sie, sehen Sie zu, dass Sie in der verabredeten Zeit zu einem Ergebnis kommen. Und mein Angebot gilt: Wenn Sie Hilfe brauchen, ich schicke Ihnen gern ein paar Leute rüber."

„Darauf können wir gerne zurückkommen, wenn wir es nicht in der von Ihnen auferlegten Frist schaffen sollten“, gab ich zur Antwort. „Priorität jedoch hat die Überwachung von Kiverna. Ich werde das Gefühl nicht los, dass der uns zum Täter führen kann. Aber vielleicht schaffen wir es ja alleine.“

„Ich werde alles veranlassen“, sagte Wittenstein. Wir müssen verhindern, dass es einen fünften Toten gibt!“

„Es wird Wittenstein nichts anderes übrigbleiben, als uns Verstärkung zu schicken, wenn wir nicht bald Licht in diese Fälle bringen“, wandte ich mich an mein Team, das auf die Reaktion von Wittenberg gespannt war. Wir sollten noch einmal gemeinsam nach der Stecknadel im Heuhaufen suchen.“

Es musste doch irgendwo einen Hinweis geben, ein winziges Indiz, einen kleinen Anhaltspunkt, eine Verbindung der Opfer untereinander. Was wir vermuteten, spielte keine Rolle, war zu vage. Wir brauchten etwas Handfestes, das Licht in dieses Chaos bringen würde.

„Ich fahre mit Leni noch einmal zu Rehlinger. Wir werden uns die Behausung der beiden Erntehelfer einmal vornehmen. Vielleicht finden wir dort etwas, das uns weiterbringt. Werner und Susi, kümmert ihr beide euch nochmals um den toten Jacek. Durchsucht seine Kleidung, seine Tasche. Achtet auf alles, auf jede Kleinigkeit!“

Es war schon ein Unterschied, die Strecke nach Trittenheim mit meinem alten Opel, anstatt mit dem Dienstwagen der Luxusklasse der Idar-Obersteiner Polizei zurückzulegen. Es dauerte zwar etwas länger, aber wir kamen heil auf dem Hof von Rehlinger an.

„Die Weinlese scheint dem Ende zuzugehen“, meinte Leni. „Hier war schon mal mehr Betrieb.“

„Ja, die Ernte wird eingefahren sein und die weitere Arbeit spielt sich offenbar im Keller ab. Komm, Leni, versuchen wir unser Glück!“

Den Fahrzeugschlüssel zog ich ab und schloss meinen Wagen ab. Gebranntes Kind scheut das Feuer.

Claus Rehlinger öffnete die Tür auf unser Läuten persönlich.

„Gut, dass Sie kommen. Ich wollte die Polizei sowieso verständigen. Bei mir ist eingebrochen worden. Genauer gesagt, in dem Zimmer von den beiden Erntehelfern. Was es da schon zu holen gibt? Was ist denn eigentlich aus den beiden geworden? Habt Ihr sie gefasst? Sitzen sie hinter Schloss und Riegel? Zu mir brauchen die nicht mehr zu kommen, hier ist Feierabend. Ein für alle Mal. Am besten sie fahren gleich wieder nach Hause. Für unsere Arbeit sind die nämlich nicht gemacht. Was ist mit meinem Fahrzeug, meinem Kombi? Wann bekomme ich meinen Wagen zurück?“

„Keine Bange, Herr Rehlinger, da kann ich sie beruhigen. Die beiden werden nicht wiederkommen. Aber auch Ihr Fahrzeug nicht, denn das ist nur noch ein Schrotthaufen.“

„Wie, was, Schrotthaufen? Was ist passiert?“

Ich klärte Rehlinger auf, erzählte ihm von der Verfolgungsjagd auf seinen eigenen Wagen, deren Anfang er auf seinem Hof noch mitbekommen hatte, und von dem Unfall in den Weinbergen. Auch den Tod von Jacek verschwieg ich ihm nicht, ebenso wenig, dass Pjotr Kiverna schwer verletzt im Krankenhaus lag.

„Verstehen Sie jetzt? Wir müssen das Zimmer der beiden durchsuchen. Vielleicht finden wir irgendwelche Anhaltspunkte, die uns in unseren Ermittlungen weiterbringen.“

„Folgen Sie mir, bitte!“

Leni und ich trabten hinter Rehlinger her, durch dessen Wohnung, einen langen Gang entlang.

Rehlinger blieb an der letzten Tür des Ganges stehen und versuchte diese zu öffnen. Sie war verschlossen. Rehlinger fischte einen Schlüsselbund aus seiner Jackentasche und fand auch gleich den passenden Schlüssel, mit dem er die Tür öffnete.

„Bitte sehr!"

Leni und ich traten in einen ungemütlich anmutenden Raum. Ungemütlich nicht wegen der Einrichtung, eher wegen der räumlichen Atmosphäre. Ein zu kleiner Raum für zwei Personen, ein zu kleines Fenster, das der Helligkeit kaum Raum gewährte. Ein Etagenbett, ein Tisch und ein Kleiderschrank, das alles für zwei ausgewachsene Personen. Wohlfühleffekt gleich null.

„Es ist ja immer nur für höchstens zwei Monate", schien Rehlinger meine Gedanken zu erraten. „Kost und Logis sind auch frei."

Leni hatte sich bereits am Kleiderschrank zu schaffen gemacht. Hemden und Wäsche waren wahllos in den Ablagen verstaut, in einem Fach befanden sich Essensreste. An einer Kleiderstange waren verschiedene Kleidungsstücke aufgehängt, Hosen mit Pullovern darüber, ein kariertes Hemd, das schon viel zu lange getragen war. Leni brachte eine braune Reisetasche zum Vorschein.

„Muss die von Kiverna sein", sagte sie. Die von Jacek wurde am Naheufer gefunden."

Wir durchsuchten die Kleidung, durchstöberten die Reisetasche und nahmen uns jeden Winkel des Zimmers vor. Negativ. Nichts, was uns hätte weiterhelfen können.

Ich setzte mich auf das untere der beiden Etagenbetten und sah mich noch einmal im Raum um. Leni zuckte mit den Achseln. Verdammter Mist! Sollten wir in unseren Mordfällen tatsächlich nicht weiter kommen.

Plötzlich sah Leni an mir vorbei auf die beiden Betten.

„Hast du auch unter den Matratzen nachgesehen?“ Resignation war in ihrer Stimme auszumachen. „Sollten wir nicht auslassen, ehe wir gehen!“

Im oberen Bett fand sich nichts, aber als wir die Matratze des unteren Lagers umkehrten, wurden wir fündig. Ob es uns etwas bringen würde, das müsste sich zeigen. Vor uns lag ein Messer, eine Art Jagdmesser mit stabilem Schaft und langer, extrem scharfer Klinge. Das Messer steckte in einer Lederscheide mit einer Vorrichtung zum Befestigen am Hosengürtel.

„Wer hat in dem unteren Bett geschlafen“, fragte ich Rehlinger. „Jacek oder Kiverna?“

„Ich glaube, Jacek, so hatte es jedenfalls bei der Vergabe des Zimmers ergeben. Ich hatte den beiden das Zimmer zugewiesen und bekam mit, dass Jacek stur darauf beharrte, das untere Bett zu bekommen. Jacek war der Dominantere des Gespanns. Kiverna kam nie so richtig gegen ihn an.“

„Wir werden das Messer mitnehmen. Es ist hiermit sichergestellt“, informierte ich Rehlinger und wickelte das Teil in ein Taschentuch ein, wegen der Spuren.

„Was ist denn jetzt mit meinem Auto? Wer ersetzt mir den Schaden?“ Rehlinger sah mich fragend an.

„Das müssen Sie mit Ihrer Versicherung klären. Der Wagen steht auf dem Hof der Firma ‚Autoland‘ hier in Trittenheim. Die Abschleppkosten gehen auf Rechnung der Polizei. Wer bestellt, bezahlt! Alles andere geht uns nichts mehr an. Regeln Sie das so schnell wie möglich, in Ihrem eigenen Interesse!“

„Du hast einen bestimmten Verdacht, was das Messer angeht, habe ich Recht?“, fragte Leni, als wir im Auto saßen und uns auf den Rückweg nach Idar-Oberstein machten.

„Ja, ich glaube, wir denken beide dasselbe. Würde mich nicht wundern, wenn unser Labor Blutspuren mit der Blutgruppe von Schäfers an der Messerklinge findet. Langsam kommt die Sache in Gang. Wenn das die Tatwaffe ist, war Jacek der Mörder von Schäfers. Das Motiv wird noch einige Zeit im Dunkeln bleiben. Die Schlüsselfigur ist und bleibt Kiverna. Wir müssen ihn hüten wie unseren Augapfel."

31. Kapitel

Das sichergestellte Messer von Franticek Jacek war tatsächlich die Waffe, mit der Helmut Schäfers ermordet worden war. Das stellte unser Labor eindeutig fest. Die Blutgruppe stammte von Schäfers, auf dem Messer befanden sich Fingerabdrücke, ausschließlich von Jacek. Ein geklärter Fall. Nur, was brachte er uns? Das Opfer war tot, der Mörder war tot. Eine Tat, die nur noch pro Forma vor Gericht erscheinen würde. Aber, sie war relevant für alle anderen Ermittlungen, in Bezug auf die Milchvergiftungen und für den Mord an Wladimir Jelinek.

Ich wählte die Nummer von Willibald Wittenstein und musste einige Zeit warten, bis er sich meldete.

„Spürmann, Sie sind es? Sie haben mich aus einer Besprechung geholt. Ich gehe davon aus, dass es wichtig ist."

„Es ist wichtig, Chef!", gab ich zur Antwort. „Einer der Morde ist geklärt. Wir sind auf dem besten Weg, den Fall in der von Ihnen auferlegten Frist zu lösen."

„Das ist doch mal eine gute Nachricht!", freute sich Wittenstein. „Werde ich gleich in der Besprechung zum Besten geben. Dann wünsche ich Ihnen viel Glück für Ihre weiteren Ermittlungen."

„Chef, ich rufe eigentlich wegen Kiverna an. Sie wissen, dem polnischen Erntehelfer, der seit dem Verkehrsunfall im Brüderkrankenhaus liegt. Sie müssen dafür sorgen, dass eine Bewachung der Person gewährleistet ist. Ich werde den Verdacht nicht los, dass irgendjemand versuchen wird, Kiverna umzubringen."

„Spürmann, warum, um Himmels Willen, glauben Sie das?"

Ich erklärte Wittenstein die Umstände und die bisherigen Ermittlungen.

„Dass Jacek ermordet wurde, ist für mich der Beweis. Hier sollte ein Mitwisser ausgeschaltet werden. Und wenn Jacek ein Mitwisser war, dann gilt das gleiche auch für Kiverna."

„Das ist ja ein Ding! Verlassen Sie sich darauf. Ich werde zwei Leute abstellen. Spürmann, ich muss zurück zur Besprechung. Sie halten mich weiter auf dem Laufenden, ja?"

Ich versprach es und legte auf. Das war erledigt. Und dann fiel mir Lisa ein. Übermorgen würde sie von ihrer Tour mit der Frauengemeinschaft Forstenau zurückkehren. Sir würde dann auf eine leere Wohnung treffen, mit einem Wohnzimmer, in dem noch eine Menge leerer Flaschen an meinen Aufenthalt mit Emmerich erinnerten. Das würde ihr erst einmal zu denken geben. Ich nahm mir vor, sie noch heute Abend anzurufen.

Ich war außerdem neugierig, wie das mit den Zugverbindungen geklappt hatte. Immerhin hatten die Lokführer zum Streik aufgerufen und diesen, zumindest was die Regionalzüge betraf, auch durchgezogen. Aber ob die Gruppe per Regionalzug oder mit dem ICE auf ihre Tour ging, diese Erkenntnis blieb mir bis jetzt verborgen. Für solche lapidaren Dinge hatte Lisa in ihrer Euphorie keinen Sinn gezeigt. Ich war gespannt.

Nach dem Besuch im Labor wurden Leni und ich in unserem Büro mit einem Glas Sekt empfangen.

„Oha, das also sind schon die Vorschusslorbeeren für eine restlose Aufklärung des Falles“, staunte ich und ließ meinen Blick durch das Büro schweifen, um dort eventuell einen anderen Grund für den Umtrunk zu finden.

„Stoß einfach mit Susi an und gratuliere ihr. Sie hat heute Geburtstag.“

„Ach, ja. Schön, dass Ihr mir das auch mal sagt.“

„Und mir“, hörte ich Leni neben mir. Herzlichen Glückwunsch, Susi. Leni nahm „Susi Quatro“ in den Arm und drückte sie.

„Alles Gute Susi, auch meinen Glückwunsch! Wie alt bist du denn geworden?“

Ich hatte den Eindruck, mit einem Schlag die Stimmung gekippt zu haben.

„Das fragt man doch keine Frau“, sagte Leni empört. „Männer! Haben kein Gefühl für die Situation.“

„Nichts für ungut, Susi. Wir trinken auf dich und deine nicht enden wollende Jugend!“

Das kam eigentlich auch nicht so richtig an und ich zog es vor, ab jetzt den Mund zu halten, zumindest, was dieses Thema betraf.

„Wittenstein will für eine gute Bewachung von Kiverna sorgen“, wechselte ich das Thema. „Und das aus gutem Grund. Wir haben im Zimmer der beiden Polen bei Rehlinger in Trittenheim das Tatmesser, mit dem Schäfers ermordet wurde, gefunden. Leni und ich sind der Ansicht, dass Kiverna ebenfalls in Lebensgefahr schwebt. Zumindest sind wir nun einen Schritt weiter. Aber da gibt es noch jemanden, den wir nicht kennen und der uns das Leben noch schwer machen könnte. Ich bin der festen Meinung, wenn wir diese Person ermittelt haben, sehen wir auch in unserem Fall klarer, dann stehen alle Morde vor der Aufklärung.“

„Anderenfalls sind wir auf die Aussage von Kiverna angewiesen“, warf Emmerich ein. „Der wird sicherlich alles dafür tun, mehr oder weniger heil aus der Sache herauszukommen.“

„Oder als Kronzeuge Strafmilderung zu erlangen, falls er tiefer in der Sache drinsteckt, als wir es bisher wissen.“

„Trinken wir darauf“, sagte Susi und erhob ihr Glas. „So kurz vor Feierabend, das sei uns doch erlaubt.“

Doch das mit dem Feierabend sollte heute nicht so klappen, wie wir uns das vorgestellt hatten.

Das Telefon läutete und Emmerich meldete sich. Er schien interessiert zuzuhören, was die Stimme am anderen Ende zu sagen hatte und meinte schließlich: „Es kommt sofort jemand vorbei! Fassen Sie nichts an, wegen der Spuren und vermeiden Sie, dass der Fundort verändert wird.“

Emmerich sah zu uns herüber. Wir scheinen mit all unseren Vermutungen richtig zu liegen. Rehlinger hat angerufen. Was glaubt ihr, was er gefunden hat?“

„Doch hoffentlich nicht noch einen Toten!“

„Nein, letzte Chance?“

„Wonach suchen wir denn?“, meldete sich Leni. „Das wäre zu schön, um wahr zu sein.“

„Es ist wahr. Rehlinger hat einen kleinen Kanister mit ‚Novoxin' gefunden, irgendwo hinter seinem Haus, in einem Holzschuppen.“

„Oh, oh, das ist zu wenig! Das könnte ihm selbst gehören, aus alten Beständen, aus früheren Zeiten, zu denen dieses Pestizid noch erlaubt war.“

„Und die Spritze dazu?“

„Natürlich die Spritze dazu“, entgegnete ich. „Ohne Spritze kannst du das Zeug nicht auf den Reben versprühen.“

„Ich meinte aber eine andere Spritze: Eine Injektionsspritze! Na?“

„Das ist ein Tag heute! Erst der Fund des Messers und jetzt das! Nur, so spannend musst du es nicht unbedingt machen. Aber worauf warten wir noch? Wer fährt?“

„Lass die Damen Feierabend machen, Heiner. Wir beide fahren.“

„So machen wir es. Und ihr beiden könnt bedenkenlos noch ein Gläschen trinken. Aber lasst noch etwas in der Flasche. Ich glaube, wenn wir zurückkommen, haben wir uns auch einen Schluck verdient!“

32. Kapitel

Rehlinger erwartete uns bereits.

„Ich wollte Holz in meinem Schuppen umstapeln, um trockene Rebstöcke zu lagern“, erzählte uns der Winzer, der seine Aufregung zur Schau trug. „Da habe ich den Kanister mit dem ‚Novoxin’ gefunden. Hinter einem der Holzstapel. Unter normalen Umständen wäre mir das erst im Winter aufgefallen, nach Verbrennen der ersten Holzreihe. Damit hatten die beiden wohl gerechnet. Nicht aber damit, dass alles so kommen würde, wie es letztendlich gekommen ist.“

Der Schuppen stand etwa zwanzig Meter vom Wohnhaus entfernt und hatte ein Tor, das sich nach beiden Seiten aufschieben ließ.

„Ich stelle hier auch schon mal kleinere Arbeitsgeräte ab“, klärte uns Rehlinger auf. „Die größeren Maschinen lagern in den Garagen, die dafür bestimmt sind.“

„Mein lieber Mann, da haben Sie ja allerhand vor!“, entfuhr es Emmerich. „Heizen Sie ausschließlich mit Holz?“

„Nein, wir haben eine kombinierte Heizung. Öl und Holz, je nach Lust und Laune und nach Witterung. Aber wir brauchen das Holz auch für unsere

Gäste. Wir bieten auch in den Wintermonaten gemütliche Weinproben und Schlemmerwochenenden in unserem Betrieb an und da muss eben geheizt werden."

„Das machen Sie auch in den Wintermonaten?"

„Ja, dann haben wir mehr Zeit. Sie wissen, ich habe drei Söhne, die das Winzerhandwerk erlernt haben. Da brauche ich mir keine Sorgen um die laufenden Arbeiten in den Kellern zu machen. Das besorgen die drei ganz alleine."

„Und Sie bewirten die Gäste?"

„Ja, gemeinsam mit meiner Frau. Ich bin für die Getränke, sie ist für das leibliche Wohl zuständig. Da harmonieren wir bestens zusammen. Und keiner der Gäste hat sich bisher beschwert." Rehlinger hob die Stimme, um seiner Äußerung Nachdruck zu verleihen. „Wir arbeiten nach der Devise ‚leben und leben lassen', verstehen Sie? Wir knausern nicht und wollen unsern Gästen einen schönen Aufenthalt bescheren. Einer meiner Söhne, der Toni, spielt Akkordeon. Wenn er Zeit hat, kommt er dazu und Sie können mir glauben, dann schwärmt mancher noch lange hinterher von diesem Winzerabend."

„Das glaube ich Ihnen gerne. Vielleicht werde ich irgendwann auf Sie zurückkommen, von wegen einer gemütlichen Weinprobe, mit Kollegen der Dienststelle."

Jetzt waren wir an der Stelle angelangt, wo Rehlinger das „Novoxin" gefunden hatte. Er zeigte auf eine Stelle, die mit einem Jutesack abgedeckt war.

„Den Sack habe ich drüber gelegt, ich hoffe, ich habe nichts falsch gemacht?"

„Nein, alles in Ordnung." Ich nahm den Sack weg und legte ihn beiseite. Zum Vorschein kam ein kleiner Kanister, das Fassungsvermögen schätzte ich auf einen Liter, versehen mit einem Schraubverschluss und der Aufschrift „Novoxin".

„Mich würde interessieren, wo dieses Zeug noch her zu bekommen ist. Hier in Deutschland ist es verboten und ich glaube, inzwischen auch in Luxemburg."

„Anhand der Artikel-Nummer kann man das Herstellungsjahr herausfinden", meinte Rehlinger. „Das dürfte für Sie doch keine Schwierigkeit darstellen."

„Nein, das tut es nicht. Danke für den Hinweis! Wo ist die Injektionsspritze?"

„Liegt hinter dem Kanister!"

Ich zog mir ein Paar Einweg-Gummihandschuhe an, packte den Kanister und verstaute ihn in einer Plastiktüte, die ich vorsorglich eingesteckt hatte. Nun sah ich auch die Spritze vor mir auf der Erde liegen. Es war eine kleine Injektionsspritze, wie man sie in Mehrfachpackungen in der Apotheke erhält. Die Nadel war noch aufgezogen und die Spritze selbst zu einem Drittel mit einer grünlich schimmernden Flüssigkeit gefüllt

„Auch ein Mordinstrument", sagte ich in Richtung Emmerich. „Ein Stich mit dieser Spritze in den Körper, gleich wohin, ein kleiner Druck und das war`s."

Die Spritze verstaute ich ebenfalls in einer kleinen Plastikhülle, die ich auf der Dienststelle dem Spurensicherungskoffer entnommen hatte und legte sie zu dem Kanister in die Plastiktüte.

„Wir danken Ihnen, Herr Rehlinger. Auch wenn es ein Zufall war, der Fund, meine ich. Aber damit sind wir einen großen Schritt in unseren Ermittlungen weitergekommen."

Im Labor war an diesem Abend niemand mehr anwesend. So verstauten wir die sichergestellten Gegenstände in der Asservatenkammer. Dort waren sie sicher aufgehoben bis zum kommenden Morgen. Leni und Susi waren noch im Büro.

„Wir haben auf euch gewartet“, empfing uns Susi. „Ich lade euch auf eine Pizza beim Italiener ein. Ein wenig sollte man meinen Geburtstag dann doch feiern.“

Das war eine gute Idee. Den Abend hatten wir uns heute wirklich verdient.

„Ich nehme die Einladung gerne an“, sagte ich. „Aber dann übernehme ich den Rotwein“.

„Und ich den Grappa“, meldete sich Emmerich.

„Und der Espresso geht auf mich“, wollte Leni nicht zurückstehen.

„Dagegen werde ich mich nicht wehren.“ Susi sprang von ihrem Stuhl hoch. „Also auf, worauf warten wir noch?“

33. Kapitel

Der Wecker rappelte und als ich die Augen öffnete, schaute ich durch das Hotelfenster mitten in die aufgehende rote Morgensonne. Der Anblick ließ mich meine Müdigkeit vergessen, denn dieses Schauspiel sieht man fast nur in den letzten Monaten des Jahres. Der Horizont am Himmel war durchwoben von einem tiefen Rot, das unterteilt von gelben Streifen in ein Hellrot mündete. Mitten in diesen Anblick kroch die Sonne hinter einem Hügel hervor, immer größer werdend und mit dem Wachsen ihrer Fülle, das Farbenspiel langsam verscheuchend. Schließlich stand sie alleine am Himmel, nur noch andeutungsweise war das soeben stattgefundene Schauspiel zu erkennen. Die Sonne hatte mit ihrer ganzen Macht über das vielfältige Farbenspiel gesiegt. Jetzt stand sie dort, ganz alleine am Himmel, als triumphiere sie über ihren Sieg, alles beherrschend.

Ich stand auf und machte mich fertig. Langsam hatte ich genug von den Ermittlungen fern von zu Hause. Nichts gegen die Kollegen, nichts gegen die

Stadt. Mir fehlte ganz einfach die Nähe von Forstenau, mir fehlte Lisa, mir fehlten mein Stammtisch und der raue Wind des Hochwalds, womit nicht nur die Witterung gemeint war.

Mein Tinnitus meldete sich. Der konnte, ebenso wenig wie ich, den Alkohol vertragen. Und den hatte es am Vorabend in erheblichem Maße gegeben.

Es war ein schöner Abend geworden, was eigentlich auch bedingt war durch die Hoffnung, unsere Fälle bald gelöst zu wissen. Der Beweis noch, dass die sichergestellte Injektionsspritze und der Kanister mit dem „Novoxin" tatsächlich von Jacek und Kiverna benutzt worden waren, würde ein weiteres Puzzlesteinchen ergeben.

Auf der Dienststelle waren alle schon da, frisch und munter: Emmerich, Susi und Leni.

„Eine Tasse Kaffee, Heiner"?, fragte Emmerich überflüssigerweise. „Wir müssen uns noch etwas gedulden, die Untersuchungen sind noch nicht beendet. Das Labor meldet sich."

„Ich muss noch einmal darauf zurückkommen, was Kiverna im Krankenhaus gestammelt hat." Susi sah mich fragend an. „Du sagtest, du hast so etwas wie ‚zek' oder ‚wett' verstanden. Richtig?"

„Richtig, so ähnlich klang es."

„Dann müssten wir doch mal gemeinsam überlegen, wer in unserem Ermittlungsumfeld eine solche Silbe oder einen solchen Wortteil in seinem Namen hat, meint ihr nicht auch? Also, überlegt doch mal!"

„Mir fällt da nur Jacek ein", sagte Leni nach einigem Überlegen.

„Oder Jelinek, der Mann aus dem Stausee", warf Emmerich ein.

„Bietet einer mehr? Die beiden bringen uns doch wirklich nichts mehr. Und Jelinek. Von dessen Tod musste doch Kiverna gewusst haben. Einen Hinweis auf dessen Person hätte er sich sicher erspart.

Susi hatte sich in Eifer geredet. „Überlegt doch mal weiter! Heiner hat nicht genau verstanden, was Kiverna sagte. Die Silbe kann auch anders lauten, sie muss nur phonetisch passen. ‚Reck, ‚meck', ‚lett', ‚bett' oder so ähnlich könnte es auch gemeint sein."

Ich hatte die ganze Zeit die Ausführungen von Susi wie aus weiter Ferne vernommen, so sehr war ich damit beschäftigt, nachzudenken. Und immer mehr drängte sich ein Name in meinem Kopf in den Vordergrund. Ein Name, der diese Silbe in sich trug. Ein Name, dessen Eigentümer aber kein Motiv hatte, zumindest konnte man derzeit keines konstruieren.

Ich dachte an Alexander Kiesewetter, den Leitenden Ingenieur der Milchwerke „Die Q" in Idar-Oberstein. Meine Gedanken irrten durcheinander. Kiesewetter! Was hätte Kiesewetter wohl mit Kiverna und Jacek zu schaffen. Die Frage war ja eigentlich: Hatte Kiesewetter ein Interesse an den Vergiftungen der Trinkmilch der Konkurrenzfirma, den „Hunsrück-Milchwerken?

Wenn ja, dann müsste doch zwangsläufig auch Dr. Hubertus van Heyding, der Direktor der „Q", in die Sache verwickelt sein. Nein, da konnte kein Zusammenhang bestehen. Ich verwarf den Gedanken.

„Also, was sagt ihr?" hörte ich Susi wie aus weiter Ferne auf uns einreden. „Denkt doch mal scharf nach!"

Und wieder hatte ich das Bild von Kiesewetter vor Augen. Das Bild dieses eingebildeten Fatzken, der glaubte, die Intelligenz für sich alleine gepachtet zu haben. Sein Auftritt vor einigen Tagen ging mir nicht aus dem Kopf.

„Keine Vorurteile, Heiner", sagte ich zu mir. „Ruhig und besonnen! Er hat bestimmt nichts damit zu tun."

Aber wenn es dennoch so wäre, kaum auszudenken. Ich versuchte, einfach so, nur für mich, einen Faden zu spinnen. Wenn Kiesewetter etwas mit den Vergiftungen zu tun hätte, dann käme er wohl nur als Anstifter in Frage. Die Drecksarbeit würden andere für ihn gemacht haben. In unserem Falle Kiverna und Jacek. Und Jelinek? Jelinek hatte „Novoxin“ unter den Fingernägeln. Also würde Jelinek ebenfalls zu seinen Vasallen gehört haben. Nur vorausgesetzt, Kiesewetter habe etwas mit der Sache zu tun. Und was ist mit Schäfers? Wie war Helmut Schäfers in diesen Komplott, wenn es denn einer war, eingebunden?

„Heiner, Herr Spürmann!“

Ich zuckte hoch. Meine Gedanken zersprangen wie Seifenblasen. Was blieb, war der penetrante Geschmack einer Ahnung, die mich nicht mehr losließ.

„Kiesewetter“, sagte ich wie automatisiert. „Kiesewetter!“

„Wer ist Kiesewetter?“ Emmerich und Susi sahen mich fragend an.

„Kiesewetter ist der Prokurist oder der Zweite Chef, oder wie auch immer in der Firma ‚Die Q‘. Fällt euch was auf?“

„Ja, ‚ett‘, die gesuchte Silbe im Namen, eventuell. Aber das hat nichts zu bedeuten. Oder wollt Ihr dem Mann ein Motiv unterjubeln? Natürlich könnte er eines haben. Aber es würde ihm persönlich doch nichts nützen, eher seiner Firma.“

Ich war hin- und hergerissen. „Wir können ja auch nicht einfach zu dem Mann gehen und sagen: Sie stehen im Verdacht, ein Konkurrenzunternehmen zu sabotieren! Außerdem sind Sie an drei Morden in irgendeiner Weise beteiligt. Wir haben keinerlei Beweise. Aufgrund unserer Vermutungen beantragt kein Staatsanwalt einen Durchsuchungsbeschluss.“

„Also müssen wir ihn aus der Reserve locken!", ließ sich Susi vernehmen. „Was haltet ihr von der Presse? „

„Was meinst du?"

„Na ja, wir könnten doch ein kleines Gerücht in die Welt setzen, einen Bluff, sozusagen. Wenn wir beispielsweise - nehmen wir mal an, Kiesewetter sei in die Sache verwickelt - verbreiten lassen, dass Kiverna außer Lebensgefahr sei und die Polizei sich bald von ihm ein klärendes Gespräch verspräche, wie würde Kiesewetter - wieder vorausgesetzt, dass ... ihr wisst schon - reagieren?"

Wir schauten uns an und fanden den Vorschlag nicht schlecht.

„Ich werde Albert Steiner vom Trierer Merkur sofort anrufen. Es könnte zeitlich noch für die morgige Ausgabe reichen."

Ich wählte die Nummer Steiners, der sich gottlob noch in der Redaktion in Hermeskeil aufhielt.

„Hallo, Herr Spürmann, ich wollte Sie gerade anrufen. Gibt es neue Erkenntnisse in Ihrem Fall oder wird es eine Endlos-Prozedur?"

Na, der gefiel mir. Ich holte tief Luft, um dem Schreiberling mal deutlich vor Augen zu führen, wer hier wen brauchte. Doch im nächsten Moment ließ ich diese Luft auch wieder ab. Wer hier wen brauchte, gerade jetzt, darüber gab es keinen Zweifel.

„Lassen Sie Ihre Sticheleien, Steiner! Sie können mir einen großen Gefallen tun und sich damit an der Klärung des Falles beteiligen."

„Das hört man gerne. Was darf`s denn sein?"

„Können Sie für die morgige Ausgabe noch einen Artikel übernehmen?" Ich erzählte Steiner genau, worum es uns ging und wie wichtig seine Unterstützung für uns sei.

Am Ende der Leitung hörte ich ein tiefes Durchatmen.

„Für morgen habe ich schon einen Aufmacher. Den schiebe ich schon seit Tagen vor mir her."

„Schieben Sie noch einen Tag! Sie tun der Gerechtigkeit damit einen großen Gefallen! Denken Sie an den Artikel, den Sie nach der Aufklärung des Falles schreiben werden! Ich seh`schon die Schlagzeilen: ‚Vierfacher Mord am Erbeskopf aufgeklärt – Trierer Merkur berichtet exklusiv'! Kommen Sie Steiner. Wir brauchen Sie!"

„Ich werde es tun. Nicht alleine wegen der Schlagzeile. Auch wegen meiner Bürgerpflicht. Also, erzählen Sie!"

Das tat ich nun auch ausgiebig. Der Artikel sollte richtig reißerisch wirken, doch das Hauptaugenmerk sollte auf der Vernehmungsfähigkeit von Kiverna liegen. Kein Wort über den Verdacht, dass es einen Strippenzieher im Hintergrund geben könnte, nichts, was Kiesewetter auch nur annähernd verdächtig erscheinen lassen würde.

„Hätten wir uns nicht besser Kiesewetter noch mal vorknöpfen sollen?" Leni schien verunsichert. „Was ist, wenn nichts passiert? Wenn Kiesewetter nicht reagiert? Wie lange sollen wir abwarten?"

„Viele Fragen, Leni. Keine Antwort, ich weiß. Aber wir greifen doch gemeinsam nach einem Strohhalm. Irgendetwas müssen wir doch tun!"

„Ja, aber genauso könnte es doch jemand von den ‚Hunsrück-Milchwerken' sein, nur mal angenommen, theoretisch?"

„Kennst du dort jemanden, der in seinem Namen die Silbe trägt, die wir suchen?"

„Dann hoffen wir das Beste! Hoffen wir, dass Kiesewetter der Richtige ist und vor allem, dass er anbeißt!"

„Ich glaube, es wäre ratsam, van Heyding einzuweihen, was meint ihr." Ich stellte diese Frage einfach so in den Raum. Ich war mir selbst nicht mehr sicher, ob ich das tatsächlich so meinte. Der Mann kam mir bei unserem Besuch in seiner Firma so integer, so warmherzig vor. Ihm würde es am meisten schaden, wenn wir Recht behielten.

„Das erscheint mir zu früh." Emmerich stand auf, ging zum Fenster und sah der hereinfallenden Dämmerung entgegen. „Aber wir könnten vielleicht eines machen. Wir könnten mit dem Mann sprechen und ihn über Kiesewetter befragen. Unter einem Vorwand, meine ich. Es könnte doch sein, dass van Heyding Dinge über Kiesewetter weiß, die unser Bild von ihm vervollständigen."

„Die Idee finde ich gut. Aber wir sollten ihn nicht in der Firma aufsuchen. Kiesewetter könnte Verdacht schöpfen."

„Wenn er unser Mann ist!"

„Ja, wenn er unser Mann ist. Daran müssen wir uns einfach klammern. Susi, kannst du herausfinden, wo van Heyding wohnt. Ich würde vorschlagen, dass wir ihm heute Abend noch einen Besuch in seiner Wohnung abstatten sollten."

34. Kapitel

Susanne Quarto hatte innerhalb kürzester Zeit die Anschrift des Industriellen van Heyding ausfindig gemacht und präsentierte voller Stolz den Zettel mit den Personaldaten.

„Also, da haben wir Hubertus van Heyding, wohnhaft in Idar-Oberstein, Stadtteil Weierbach, Im Frankenstein 12. Und die Daten von Kiesewetter habe ich auch gleich mitgebracht. Der wohnt in der Innenstadt, John F. Kennedy-Weg 144a."

„Ich schlage vor, ich fahre mit Leni zu van Heyding. Susi und Werner, macht ruhig Feierabend. Wer weiß, was der morgige Tag bringen wird. Wir sehen uns dann in alter Frische um acht."

„Wie der Direktor wohl reagieren wird?" meinte Leni unterwegs im Auto. „Ich meine, wenn er feststellt, dass es seiner rechten Hand an den Kragen gehen soll. Van Heyding scheint sich ja in allen Belangen auf den Mann zu verlassen. Ihn zu verlieren, wäre schon ein harter Schlag für die relativ junge Firma."

„Wir müssen van Heyding für uns gewinnen, sonst haben wir keine Chance, Kiesewetter zu überführen. Vor allem muss Van Heyding gegenüber Kiesewetter dicht halten."

Vor dem Hause van Heydings in Weierbach angekommen, staunten wir nicht schlecht. Wir standen vor einer großen Villa, erbaut aus grauen Quadersteinen mit Erkern und Balkonen, wuchtig und dennoch verspielt. Die große Anlage um das Anwesen bestand fast ausschließlich aus Rasen, bis auf wenige Stellen, auf denen geschnittene Rosenstöcke auszumachen waren. Das Tor zur Straße hin war verschlossen, eine Sprechanlage sorgte für die nötige Kommunikation.

Ich schaute auf die Uhr. Es war fast neunzehn Uhr, die offizielle Besuchszeit, endete gleich.

„Dann wollen wir mal!" Ich betätigte den Klingelknopf und kurz darauf knackte es im Lautsprecher der Anlage.

„Ja, bitte?"

Es war eine Frauenstimme. Vielleicht seine Frau, vielleicht eine Haushälterin. Wir wussten nicht einmal, ob van Heyding alleine hier wohnte. Hätte man vorher klären sollen. Aber dafür war es jetzt zu spät.

„Guten Abend, hier spricht Hauptkommissar Spürmann von der Kriminalpolizei. Meine Kollegin Schiffmann und ich würden gerne Herrn Dr. van Heyding sprechen. Sagen Sie ihm bitte, es sei äußerst dringend!"

Es dauerte eine Weile, bis die Frauenstimme sich wieder meldete.

„Herr van Heyding erwartet Sie."

Das Tor öffnete sich und wir traten ein. Ich sah mich um. Kein Hund, der uns anfallen wollte, kein Wächter, der uns aufforderte, irgendetwas zu tun oder nicht zu tun.

„Guten Abend, die Herrschaften. So später Besuch von der Kripo, muss ich da ein schlechtes Gewissen bekommen? Treten Sie bitte näher!"

Leni und ich folgten dem ergrauten Senior in sein Domizil, das innen hielt, was es außen versprach. Durch eine mit weichen Teppichen ausgelegte Diele, in der zahlreiche Wildtrophäen und dazwischen Ölgemälde von zwei männlichen Personen an einer Wand angebracht waren. Auf der gegenüberliegenden Seite führte eine wuchtige massive Holztreppe in die oberen Räume.

Van Heyding führte uns durch einen riesigen Salon, der angefüllt war mit dem wuchtigsten Mobiliar, das ich je gesehen hatte. Ein riesiger Kamin, dessen Holz hell lodernd und knisternd eine wohlige Atmosphäre verbreitete. Und auch hier gab es zahlreiche Ölgemälde, die mir sehr gut gefielen, die ich als bekennender Kunstbanause jedoch nicht einzuordnen wusste.

Die Frau, die sich an der Sprechanlage gemeldet hatte, bekamen wir nicht zu Gesicht.

Van Heyding hatte meinen Blick durch den Salon mitbekommen.

„Ein schönes Anwesen, nicht wahr?" Er schien selbst begeistert von seinem kleinen Schloss und er machte keinen Hehl daraus.

„Ich habe dieses Haus vor etwa zehn Jahren gekauft", begann er uns zu informieren. „Es gehörte einem Winzer. Sie erkennen es an dem großen Gelände, es war damals eine große Weinkellerei. Doch wie das im Leben mal so ist, der Winzer starb, noch jung an Jahren. Er hatte keine Kinder und seine Frau konnte das Anwesen, das der Mann von seinem Vater geerbt hatte, nicht mehr halten. Und nun wohne ich hier."

Van Heyding führte uns zu der Sitzgruppe am Kamin und wir nahmen Platz. Hier mit Lisa die Abende zu verbringen, kam mir plötzlich in den Sinn, das wäre das Größte. Knisterndes Feuer, kuschelige Gemütlichkeit, leise Musik im Hintergrund und die wohlige Wärme des dunkelrot flackernden Feuers.

„Womit kann ich Ihnen dienen?", hörte ich van Heyding fragen. „Ich kann mich erinnern", er schaute auf mich, „dass Sie vor ein paar Tagen in meiner Firma waren. Ich muss mich nachträglich noch für das Verhalten meines Leitenden Ingenieurs entschuldigen. So kenne ich den Mann eigentlich nicht."

Ich sah Leni an, dann van Heyding.

„Damit wären wir bereits beim Thema, das heißt, bei dem Grund, Ihnen heute Abend einen Besuch abzustatten. Ich weiß nicht recht, wie ich beginnen soll, aber es geht um Ihren Leitenden Ingenieur."

„Um Kiesewetter?"

„Ja, um Kiesewetter. Wir haben den Verdacht, dass Ihr Herr Kiesewetter in dunkle Machenschaften verstrickt ist, in denen Ihre Firma eine Rolle spielt."

Ich verstieß in diesem Moment eindeutig gegen die Abmachung, van Heyding einzuweihen. Aber ich konnte nicht anders. Ich war mir sicher, der Mann würde uns weiter anhören und mit uns gemeinsam nach einer Lösung suchen.

Van Heyding sah erst mich, dann Leni entgeistert und verständnislos an.

„Was... was wollen Sie damit sagen?"

„Herr van Heyding, ich möchte aufrichtig zu Ihnen sein. Wir haben den Verdacht, dass Kiesewetter in die Vergiftungen der Milchprodukte der ‚Hunsrück-Milchwerke' verwickelt ist. Wie, das kann ich Ihnen noch nicht sagen. Nur soviel: Nicht unerheblich. Das ist auch der Grund, weshalb wir Sie zu Hause aufsuchen. Kiesewetter darf auf keinen Fall erfahren, dass wir mit Ihnen gesprochen haben! Ich gehe sogar so weit, zu behaupten, dass Sie selbst dann in Gefahr wären."

Van Heyding stand auf und ging wortlos zur Getränkebar, nahm drei Gläser und eine Flasche mit Cognac und schenkte ein.

„Können Sie das beweisen, was Sie da sagen? Das klingt ja unglaublich!"

„Wie gut kennen Sie Kiesewetter?" Leni nippte an ihrem Glas und van Heyding hob sein Glas. Wir tranken wortlos den Remy Martin, der meinen Körper wohlig durchströmte.

„Kiesewetter ist seit Gründung der Firma dabei. ‚Die Q', dieser Name war auch seine Idee. Wenn ich Kiesewetter charakterisieren soll: Die Firma geht ihm über alles. Ich glaube, er würde seine Frau wegen dieses Betriebes verlassen, wenn es nötig und wenn er verheiratet wäre."

„Kiesewetter ist Junggeselle?"

„Ja, er war nie verheiratet. Hat nach seinem Studium im Ausland, ich glaube in Frankreich, gearbeitet. Ich habe ihn auf einem Kongress kennengelernt. Da ich seine Fähigkeiten erkannte, fragte ich ihn, ob er sich vorstellen könne, in einer neugegründeten Firma zu arbeiten. Er konnte."

„Er ist also einer Ihrer Angestellten?"

„Kiesewetter ist mein Teilhaber, zu dreißig Prozent. Wir haben die Firma gemeinsam aufgebaut, mit meinem Geld und seinem Knowhow. Glauben Sie mir, die Firma ist sein Ein und Alles. Deshalb kann ich mir auch nicht vorstellen, dass er unserem gemeinsamen Unternehmen schaden will."

Ich sah van Heyding nachdenklich an. Der Mann tat mir leid. Ohne Kiesewetter würde die Firma nicht mehr das sein, was sie bis heute war.

„Er will der Firma nicht schaden, da muss ich Ihnen Recht geben. Wenn Kiesewetter der ist, für den wir ihn halten, dann tat er das, weswegen wir ihn verdächtigen, für Ihre, für seine Firma."

„Was werfen Sie ihm denn vor?"

„Wir haben, wie gesagt, noch keine Beweise. Aber wir verdächtigen ihn der Anstiftung zum Mord und eventuell sogar des Mordes in mehreren Fällen."

„Das wäre ja ungeheuerlich!" Van Heyding stand auf und ging im Salon hin und her. „Wenn Ihr Verdacht stimmt, was erwarten Sie dann von mir?"

„Es gibt einen Zeugen, der einen schweren Unfall hatte und aus diesem Grund bislang nicht vernehmungsfähig war. Für morgen haben uns die Ärzte des Krankenhauses grünes Licht gegeben. Am Nachmittag werden wir mit dem Mann reden dürfen."

„Ach, und dieser Verletzte liegt hier im Klinikum in Idar-Oberstein?"

„Nein, aufgrund seiner Verletzungen wurde er mit dem Hubschrauber nach Trier, ins Brüderkrankenhaus transportiert. Er lieg dort immer noch in der Chirurgischen Abteilung."

„Ich danke Ihnen sehr, dass Sie mich eingeweiht haben", sagte van Heyding und stand auf.

„Wir möchten, dass Sie nicht aus allen Wolken fallen, falls Kiesewetter von uns festgenommen wird. Um eines möchte ich Sie in Ihrem und unserem Interesse bitten."

„Sagen Sie es schon, es kann doch kaum schlimmer kommen!"

„Ich möchte Sie dringend bitten, dieses Gespräch von heute Abend in diesem Raum zu belassen. Kein Wort zu Kiesewetter, bis wir wieder mit Ihnen gesprochen haben. Versuchen Sie auch, sich in Gegenwart von Kiesewetter nichts anmerken zu lassen. Ich wünsche Ihnen, dass Ihr Ingenieur zu Unrecht in unserem Verdacht steht. Aber daran zu glauben, das fällt mir sehr schwer. Ich hoffe, morgen Abend wissen wir mehr."

Wir verabschiedeten uns von einem völlig gebrochenen alten Mann, der die Welt nicht mehr verstand.

Van Heyding läutete mit einer Glocke, die auf dem Sims des Kamins stand.

„Meine Haushälterin wird Sie zur Tür begleiten. Ich hoffe, dass Sie Unrecht haben. Wann höre ich wieder von Ihnen?"

„Wir melden uns bei Ihnen, sobald wir Gewissheit haben. Gewissheit, gleich welcher Art."

Am nächsten Morgen war ich schon früh auf den Beinen und griff mir den „Trierer Merkur", der bereits auf den Tischen in der Rezeption des Hotels lag.

Steiner hatte Wort gehalten. Der Artikel war so, wie ich ihn mir vorgestellt hatte. „Hunsrück-Morde vor der Aufklärung?", lautete die Schlagzeile und Steiner hatte dem verletzten Kiverna, zumindest auf dem Papier, ein gutes Stück in Richtung Genesung verholfen. Für Kiesewetter musste es den Anschein haben, dass Kiverna voll vernehmungsfähig war.

Auf der Dienststelle saß mein Team um den „Merkur" versammelt in meinem Büro. Alle sahen mich gespannt an.

„Einen guten Morgen wünsche ich. Ich hoffe, es wir ein guter Morgen. Heute wird sich entscheiden, ob wir gut genug geblufft haben oder ob wir voll in die Scheiße getreten sind", begrüßte ich die Gruppe. „Werner, was ist mit der Wohnung Kiesewetter?"

„Wird überwacht. Zwei Kollegen von ‚S' stehen in Zivil in der Nähe seiner Wohnung und werden ihn nicht aus den Augen lassen."

Die Kollegen von „S", das sind Leute der Schutzpolizei, eine gebräuchliche interne Abkürzung, wir hingegen sind die Leute von „K", also die von der Kriminalpolizei.

„Ich habe angeordnet, dass die Kollegen Kiesewetter keinen Moment aus den Augen lassen sollen. Gleich, wohin er geht oder fährt, sie sollen ihm unauffällig folgen. Ich hoffe nur, dass sie sich nicht verbrennen."

„Falls er die Firma irgendwann am Tag verlassen sollte, müssen sich die Kollegen an ihn dranhängen", sagte ich. Ich werde nochmals Wittenstein anrufen und ihn mit dem derzeitigen Stand vertraut machen. Er muss im Krankenhaus für äußerste Sicherheit sorgen."

„Susi und ich werden im Stadtgebiet unterwegs und ständig erreichbar sein."

„Ich habe ständig Funkkontakt mit meinen Leuten", bestätigte Emmerich. „Es kann sein, dass wir bei entsprechender Meldung nach Trier durchstarten. Auch wir werden uns am besten nur noch über Handy unterhalten. Wir sehen uns. Kommst du, Susi?"

„Ob das mal gut geht?", meldete sich Leni, als die beiden begangen waren. „Sag mal, eigentlich haben wir überhaupt nichts in der Hand und klotzen hier herum wie der Erfolg selbst. Wenn das Ganze ein Windei ist, fangen wir wieder bei null an."

„*Wir* fangen dann überhaupt nicht mehr an, dafür wird Wittenstein sorgen. Der wird eine neue Kommission gründen und uns abziehen, da bin ich mir sicher."

„Wolltest du Wittenstein nicht anrufen?"

„Ja, verdammt noch mal. Hätte ich fast vergessen. Dieser Tag heute bringt mich noch ganz durcheinander!"

Wittenstein meldete sich sofort, als hätte er auf meinen Anruf gewartet.

„Hallo, Spürmann, haben Sie heute schon Zeitung gelesen? Wie kommt denn die Presse zu solchen Unwahrheiten? Ich habe schon versucht, den Redakteur zu erreichen. Werde ihm mal den Marsch blasen müssen. Setzt da Dinge in die Welt! Wo hat der Mann diese falschen Informationen her?"

„Von mir!"

„Wie? Was? Von Ihnen? Wie darf ich das verstehen?"

„Das ist auch der Grund meines Anrufes, Chef." Ich erzählte Wittenstein von unserer Taktik, Kiesewetter hereinlegen zu wollen. „Wir haben keine andere Möglichkeit. Es muss ganz einfach klappen."

„Das ist ja ein Ding. Spürmann! Ihr macht ja Sachen da in Idar-Oberstein! Denken Sie überhaupt nicht an mich? Wenn das in die Hose geht, dann wird mir von allen Seiten ans Bein gepinkelt."

„Machen Sie Sich keine Gedanken, Chef. Wenn es nicht hinhaut, dann war das mit der Pressemeldung eben eine Ente, dafür werde ich sorgen. Aber wir müssen davon ausgehen, dass es klappt. Wir müssen daran glauben! Werden Sie dafür sorgen, dass die Sicherheit für Kiverna im Krankenhaus gewährleistet ist?"

„Natürlich werde ich dafür sorgen! Was bleibt mir anderes übrig?" Wittenstein hatte resigniert. „Bleiben Sie in ständigem Kontakt mit mir! Und seien Sie stets über Handy erreichbar!"

35. Kapitel

Mein Handy klingelte und Emmerich meldete sich.

„Kiesewetter hat die Wohnung verlassen und ist offensichtlich unterwegs zu seiner Firma. Vielleicht hat er ja noch keine Zeitung gelesen. Die Kollegen bleiben dran. Ich melde mich wieder."

„Leni, wir werden hier warten", wandte ich mich an meine Kollegin. „Es macht keinen Sinn, wahllos in der Gegend umherzufahren. Wenn Emmerich das für notwendig hält, ist es noch früh genug."

Wie auf Kommando vibrierte und musizierte plötzlich mein Handy. Auf dem Display konnte ich lesen, dass es nicht Emmerich war, der mich über irgendwelche Neuigkeiten informieren wollte.

Es war Lisa!

„Hi, Heiner, endlich habe ich mal die Zeit, dich anzurufen, ohne den Stress, den hier alle verbreiten. Ich bin gerade dabei, meine Sachen für die Heimfahrt einzupacken. Morgen früh geht es los und so gegen Abend bin ich wieder zu Hause. Wie geht es dir?"

Meine Lisa. Die Reise schien ihr gut zu bekommen. Sie war richtig gut aufgelegt, wie ich ihrer fröhlichen Stimme entnehmen konnte. Umso mehr tat es mir leid, dass ich dieses Gespräch gleich beenden musste.

„Hör zu, Lisa! Mir geht es gut, ich bin immer noch in Idar-Oberstein Aber es tut mir wirklich leid, ich kann nicht länger mit dir reden. Mein Handy muss dringend erreichbar bleiben, verstehst du. Heute entscheidet es sich, ob wir den Fall hier abschließen können oder nicht. Notiere dir bitte die Nummer meines Büros hier in Idar-Oberstein. Dort kannst du mich gerne anrufen. Die Frage ist nur, ob du mich erreichst. Ich werde wahrscheinlich den ganzen Tag unterwegs sein. Sei mir nicht böse. Wenn wir Glück haben, sehen wir uns spätestens übermorgen zu Hause in Forstenau. Dann kannst du mir alles erzählen. Ist das o.k.?"

„Ist o.k., Heiner." Lisa`s Stimme klang enttäuscht.

Leni gab mir aufgeregt ein Zeichen.

„Ich soll dich von Leni grüßen, Lisa. Übrigens: Hast du Lust auf eine zünftige Weinprobe, verbunden mit einem Schlemmeressen? Werden wir demnächst angehen. Tschüss, Lisa. Bis bald."

„Ein wenig mehr Zeit hättest du dir schon nehmen können", tönte Leni.

Obwohl sie wusste, dass ich keine andere Wahl hatte, drängte sich ihre weibliche Solidarität sofort in den Vordergrund.

„Kann mich jederzeit anrufen, sie hat die Durchwahl der Dienststelle.“

„Ja, und du bist dann nicht da!“

Ich zog es vor, zu schweigen. Gegen Frauen gibt es eben kein Ankommen, Da läuft man von einem Gegenargument zum nächsten und letztendlich fühlt man sich selbst schuldig. Besser noch, man wird sich sicher, der Alleinschuldige zu sein.

Wieder meldete sich mein Handy. Es war Emmerich.

„Kiesewetter hat die Firma verlassen und fährt mit seinem Auto auf der Bundesstraße 422 in Richtung Thalfang. Wie gesagt, in Richtung Thalfang, das heißt, er kann seine Fahrtrichtung noch ändern. Wir bleiben dran.“

„Es scheint loszugehen“, wandte ich mich an Leni. Und zu Emmerich: „Wir machen uns ebenfalls auf die Socken. Wir fahren auf schnellstem Weg nach Trier und warten eventuell dort auf euch. Sollte sich etwas ändern, wir sind per Funk zu erreichen!“

Wir schnappten unsere Jacken und eilten nach draußen zum Parkplatz, wo ich meinen Astra abgestellt hatte.

„Was ist los?“, fragte ich Leni, die sich ein Lachen offensichtlich nicht verkneifen konnte.

„Wir warten in Trier auf euch“, äffte sie mich kichernd nach. „Ich glaube eher, wenn wir dort ankommen, ist der Fall längst abgeschlossen, Kiesewetter im Knast und Lisa hat schon einen Anderen.“

„Na, dann wollen wir mal!“ Ich startete mein treues Auto. „Gar nicht hinhören, wir wissen, was wir können, nicht wahr?“

„Sprichst du mit mir?“ Leni tat erstaunt.

„Mit einer solchen Ignorantin wie dir?“, scherzte ich. „Nein, ich sprach mit meinem Auto. Und das solltest du nicht unterschätzen.“

Ich gab Gas und auf ging es in Richtung Trier. Leni hatte das tragbare Funkgerät auf dem Schoß liegen, allezeit bereit zur Kommunikation, und ich bearbeitete das Gaspedal. Dieser Frau wollten wir doch einmal zeigen, dass auch das Alter noch Power hatte.

Ab und zu sah Leni zu mir herüber und hielt sich am Haltegriff über dem Beifahrerfenster fest, um nicht die Balance zu verlieren. Ich tat, als bemerkte ich es nicht und konzentrierte mich auf die Straße.

„Heiner, Leni, wo ist euer Standort?“ Es war Emmerich. Offensichtlich saß Susi am Steuer. Ich versuchte, mir die kleine Person hinter dem Lenkrad des schweren Mercedes-Benz vorzustellen und musste unwillkürlich grinsen. Wenn da nicht jemand der Polizei ein führerloses Fahrzeug meldete?

„Wir sind hinter Morbach, fahren bald ab auf die A1 und fahren dann durch bis nach Trier. Seid ihr noch hinter Kiesewetter?“

„Wir sind noch auf der Hunsrückhöhenstraße. Kiesewetter will offensichtlich bis Hermeskeil durchfahren. Wir bleiben dran.“

„Wir sehen uns im Brüderkrankenhaus.“

„Ob der wirklich nach Hermeskeil will? Das kann ich mir nicht vorstellen“, sagte Leni. Hoffentlich hat er Emmerich und Susi noch nicht bemerkt. Wenn ja, könnte das heute eine lange Fahrt werden.“

„Die wieder in Idar-Oberstein endet“, ergänze ich. „Aber wir wollen den Teufel nicht an die Wand malen.

„Kiesewetter ist auf die A1 in Richtung Trier abgebogen“. Emmerich schien erregt, das hörte man seiner Stimme an. „Kiesewetter ist unser Mann, Heiner. Du hast Recht gehabt mit deinem Verdacht.“

„Langsam, langsam, noch sind wir nicht in Trier“, beschwichtigte ich Werners Euphorie, obgleich ich genauso dachte wie er. Er ist es! Kiesewetter ist es!

Wir hatten bis heute keine Beweise, nur eine Silbe, ausgesprochen von Kiverna und ein Bauchgefühl. Und das alles schien zu reichen. Den Beweis würde Kiesewetter nun bald selbst liefern.

36. Kapitel

„Meine Herren, Sie wissen, was auf dem Spiel steht!" Kriminaldirektor Wittenstein baut sich vor seinen beiden Beamten auf, die er speziell für diesen Job auserkoren hat.

„Sie verlassen mir auf keinen Fall den Flur in der Chirurgie, in dem das Verkehrsunfallopfer Pjotr Kiverna liegt, haben Sie verstanden?"

Die beiden Männer nicken. Sie haben Order, die beiden Kollegen von der Schutzpolizei, die seit gestern Abend Wache im Brüderkrankenhaus schieben, abzulösen.

„Achten Sie auf jeden Fremden, der sich dem Trakt nähert, oder der gar in das Zimmer von Kiverna will. Außer den Ärzten und den Krankenschwestern hat niemand dort Zulass. Niemand, hören Sie!"

Die beiden Kollegen nicken ergeben. Sie sind noch jung, haben erst vor kurzer Zeit nach ihrem Wechsel vom Verkehrskommando ihren Dienst bei der Kriminalpolizei angetreten. Jetzt heißt es, sich zu bewähren. Sie wollen ihre Arbeit gut machen, so schwer wird das ja auch nicht sein. Einfach die Augen offenhalten und jeder fremden Person den Zutritt zum Krankenzimmer verwehren, das ist ihre Aufgabe, mehr nicht.

„Also auf, Männer!" Wittenstein wird ungeduldig. „Sie werden am späten Nachmittag wieder abgelöst, das habe ich bereits veranlasst."

Franz Wegener und Kurt Grabowski, so heißen die beiden Polizisten, machen sich auf und beziehen ihre Posten in dem besagten Flur. Das muss ja eine wichtige Person sein, die sie hier zu bewachen haben, denken beide. Aber das soll uns ja egal sein. Wir haben unseren Auftrag, den führen wir aus, nicht mehr und nicht weniger.

Das Zimmer von Kiverna liegt auf der linken Seite des Ganges, an der Kopfseite des Flurs kann man durch ein großes Fenster über die Gartenanlagen des Krankenhauses sehen. Die Mittagssonne verbreitet ihre Helligkeit angenehm im Flur und mancher Patient verlässt sein Krankenzimmer und sucht die wohlige Wärme der letzten Sonnenstrahlen dieses Jahres auf dem Flur der chirurgischen Abteilung.

Franz Wegener und Kurt Grabowski haben die chirurgische Abteilung des Brüderkrankenhauses sofort gefunden. Die beiden abgelösten Kollegen von der Schutzpolizei streben erleichtert dem Ausgang zu.

So, jetzt soll jemand kommen, der nicht hierher gehört, bei uns hat der keine Chance. Wegener postiert sich am Fenster. So hat er den totalen Überblick und erhascht auch die letzten Strahlen der Herbstsonne. Das Nützliche mit dem Angenehmen verbinden, so muss es sein.

Grabowski bleibt in der Nähe der Krankenzimmertür, betrachtet von dort aus die Gemälde unbekannter Künstler, die man im Gang an den Wänden angebracht hat. "Die Bilder soll ein Mensch verstehen", denkt er. Aber er weiß auch, dass gerade Behörden und Krankenhäuser Schauplätze für Objekte dieser Art sind. Damit wird auch unbekannten Künstlern eine Plattform geboten.

Die Tür des Krankenzimmers Nummer 265 öffnet sich. Heraus kommt ein Arzt in weißem Kittel und zwei Krankenschwestern im Gefolge.

Aha, Visite, denkt Wegener. Oder ein Verbandswechsel. Er kennt das, hat selbst schon mal mit einem Beinbruch im Krankenhaus gelegen. Passiert war es bei einem Fußballspiel. Kein Dienstunfall. Die Mannschaft seines Heimatortes spielte gegen den Abstieg. Er hatte alles gegeben. Umsonst. Der Lohn war ein gebrochenes Bein.

Da kommt schon wieder ein Arzt, denkt er. Eine gute Pflege hat man hier. Muss man sich merken. Der Arzt ruft eine Schwester heran und betritt mit ihr das Krankenzimmer. Kurz darauf kommen beide wieder heraus, die Schwester schiebt einen Tisch mit gebrauchten Verbänden vor sich her.

So lässt es sich gut hier wachen, denkt Wegener. Sein Kollege studiert derweil die trivialen Gemälde an den Wänden.

Es dauert keine weitere halbe Stunde, da nähert sich schon wieder ein Arzt.

Das ist ja ein Service, denkt Wegener und betrachtet den Mediziner von oben bis unten.

„Das muss ein Professor sein“, denkt er bei sich. „So kann nur ein Professor aussehen.“ Der Mann ist gerade gewachsen, hat dichtes, weißes Haar, einen weißen Schnurrbart und trägt eine randlose Brille auf der Nase. „Mann, hat der eine Ausstrahlung“, denkt Wegener. „Ein Mann von Welt!“

Dass der „Professor“ sich unsicher umsieht und seine Hand vor das Gesicht hält, als reibe er sich die Nase, das fällt Wegener nicht auf. Grabowski steht gedankenverloren vor dem nichtssagenden Bild eines unbekannten Künstlers.

Der „Mann von Welt“ steuert auf die Tür von Kiverna zu, schaut sich nochmals kurz um und nickt dann Wegener freundlich zu. Der erwidert den Gruß, ebenfalls nickend und sieht den vermeintlichen Doktor im Raum verschwinden.

Der da drin hat die beste Pflege, denkt Wegener. Da kann unsereiner nur von träumen.

37. Kapitel

„Hallo, Heiner, wo seid ihr jetzt gerade? Bitte melde dich!“

Emmerichs Stimme klang aufgeregt.

„Werner, was ist? Wir fahren gerade in Trier in den Verteilerring ein.“

„Wir haben Kiesewetter verloren, in der Innenstadt von Trier. Es gab einen Auffahrunfall. Kiesewetter ist noch durchgehuscht, für uns war Schluss. Als wir Blaulicht und Martinshorn einsetzten, war es schon zu spät. Wir treffen uns vor dem Brüderkrankenhaus. Fahrt nicht ins Parkhaus, sondern stellt euer Fahrzeug vor dem Eingang ab, gleich was passiert.“

„Verdammt, jetzt müssten wir Blaulicht haben! Hoffen wir, dass Emmerich und Susi schneller sind als wir.“

Vor dem Krankenhaus sprangen wir aus dem Wagen und liefen durch die Drehtür, die gerade eine Öffnung aufwies.

„Wir nehmen die Treppe, Leni“, rief ich und lief vor, mehrere Stufen auf einmal nehmend, Leni immer an meiner Seite.

Dann sah ich Susi und Werner. Sie steuerten geradezu auf die beiden Kollegen zu, die Wache vor dem Zimmer Kiverna hielten.

Schließlich standen wir auch keuchend neben ihnen.

„Ist jemand in diesem Zimmer außer dem Kranken?“, fragte ich einen der beiden Wächter. Bitte, eine schnelle Antwort!“

„Der Professor ist drin, sonst niemand.“

„Der Professor? Wie lange schon?“

„Gerade eben. Sie müssten ihn noch gesehen haben.“

„Ein Mann, so um die vierzig?“

„Nein, der Professor wird über sechzig sein. Eine imposante Erscheinung. Groß, weißes Haar, weißer Schnurrbart.“

„Schwester!“

Eine vorbeieilende Krankenschwester hielt bei uns an.

„Wer ist der Professor im Zimmer bei Kiverna?“

„Professor? Der Professor ist in einer OP, schon seit vier Stunden. Ein schwieriger...“

Emmerich und ich sahen uns an und starteten auch schon los. Wir rissen die Tür des Krankenzimmers auf, nicht eine Sekunde zu früh.

Der vermeintliche Professor stand gebeugt vor dem Bett Kivernas und presste mit beiden Händen ein Kissen auf dessen Gesicht.

„Polizei! Sofort aufhören!“, rief ich unnötigerweise, denn Emmerich hatte sich bereits auf den Mann gestützt und riss ihn von Kiverna weg. Beide stürzten zu Boden und Emmerich begrub den Mann unter sich.

Kiverna lag in seinem Bett, das Gesicht blau angelaufen und verzweifelt nach Luft ringend. Die Schwester, die uns in das Zimmer gefolgt war, rief im Gang nach Hilfe und sofort kamen ein Arzt und ein Pfleger und kümmerten sich in Windeseile um Kiverna.

Emmerich rappelte sich auf und packte den Mann, den er zu Boden geworfen hatte, am Revers seines weißen Kittels.

„Kiesewetter, Sie sind hiermit festgenommen. Alles...!“ Ich stutzte.

„Sie?!“ Mir blieben die weiteren Worte im Hals stecken. *„Sie* also stehen hinter den Vergiftungen und den Morden in Idar-Oberstein? Und wir rennen hinter Kiesewetter her, den wir die ganze Zeit im Verdacht hatten!“

Emmerich sah mich fragend an.

„Du kennst den Mann?“

„Darf ich vorstellen: Dr. Hubertus van Heyding, Direktor der Milchwerke ‚Die Q' in Idar-Oberstein. Ich gehe stark davon aus, dass er soeben eine etwas mysteriöse Geschäftsverbindung beenden wollte."

„Können Sie bitte draußen weitermachen, wir brauchen den Platz hier drin!" Der Arzt sah uns vorwurfsvoll an.

„Herr van Heyding, ich nehme Sie fest, wegen des dringenden Verdachts des Mordversuchs und der Anstiftung zum Mord. Sie brauchen uns gegenüber keine weiteren Angaben zu machen. Sie können jederzeit einen Rechtsanwalt hinzuziehen", klärte ich den Festgenommenen über seine Rechte auf. „Aber jetzt geht es auf geradem Wege ins Polizeipräsidium. Darf ich bitten?"

Van Heyding hatte bis jetzt nicht ein Wort gesprochen. Auch auf der Dienststelle hüllte er sich vorerst in Schweigen.

„Sie hätten sich nicht so zu beeilen müssen, Herr van Heyding", begann ich das Verhör. „Kiverna ist noch lange nicht vernehmungsfähig. Ich glaube, da war die Presse etwas zu voreilig. Kiverna wäre also ihr letzter Coup gewesen. Dann, so glaubten Sie, seien alle Spuren Ihrer Taten beseitigt. Ich glaube, ich weiß auch inzwischen über Ihr Motiv Bescheid. Warum aber mussten dafür vier Menschen sterben? War es das wert?"

„Was wissen denn Sie?" Van Heyding schaute noch immer unter sich. Leni, Susi und Emmerich standen hinter ihm und waren auf seine Ausführungen ebenso gespannt wie ich.

„Wissen Sie, was es bedeutet, eine Firma ins Leben zu rufen und so auszubauen, wie ich es getan habe? Wissen Sie wie viel Geld ich in das Unternehmen gesteckt habe? Und was ist das Ergebnis? Fünf Jahre lang habe ich versucht, in das große Geschäft mit den Konzernen der Lebensmittelketten zu kommen. Nie hat man mir auch nur den Hauch einer Chance gegeben."

„Aber Sie sagten mir doch bei meinem ersten Besuch in Ihrer Firma, dass Sie demnächst expandieren und in die Belieferung einer Lebensmittelkette einsteigen würden. Das war also auch die Unwahrheit?"

„Mit Wahrheiten erreichen Sie in unserem Beruf nicht viel", sagte der Mann, den ich vor einigen Tagen noch für den seriösesten und ehrlichsten Menschen gehalten hatte. „Das Geschäft ist so hart, dass Sie im Handumdrehen Ihr gesamtes Vermögen aufs Spiel setzen können. Ich wollte endlich Erfolg haben. Ich bin nicht mehr der Jüngste, aber die Firma ist mein Lebenswerk. Daraufhin habe ich Jahre gearbeitet und mir jeden Cent vom Mund abgespart. Und dann sind es nur die großen Konzerne, die das größte Stück vom Kuchen bekommen und die Kleinen gehen leer aus. Alles abgekartete Spielchen."

„Und da waren Sie so frustriert, dass vier Menschen sterben mussten. Und mindestens einen haben Sie persönlich auf dem Gewissen!"

„Es sollte niemand an der kontaminierten Milch sterben. Das war nie meine Absicht. Aber diese Männer haben einen schlechten Job gemacht."

„Was zwei von ihnen das Leben kostete!"

„Wladimir Jelinek kam nach dem Todesfall zu mir und wollte Geld, damit er zurück nach Polen fahren konnte. Er wollte mehr als das Fahrgeld. Viel mehr. Er hatte die fantastische Vorstellung, in Polen ein anderes Leben zu beginnen. Mit einem großen Batzen von meinem Geld. Da geht der Mann hin und spritzt eine Todesdosis in die Milch und stellt anschließend große Ansprüche!"

„Und da haben Sie Jacek und Kiverna angestiftet, Jelinek im See zu versenken, richtig?"

Van Heyding schwieg. Meine Ahnung war also richtig.

„Was hatte Helmut Schäfers mit der ganzen Sache zu tun?"

„Jacek und Kiverna hatten Schäfers in einer Kneipe kennengelernt. Daraufhin haben die Drei immer unter einer Decke gesteckt. Dummerweise haben die beiden Schäfers über die Umstände des Toten Jelinek in Kenntnis gesetzt, was wiederum Schäfers veranlasste, mich zu erpressen."

„Was wiederum Sie dazu veranlasste, Schäfers umbringen zu lassen. Lassen Sie mich raten: Die Drecksarbeit haben Jacek und Kiverna für Sie erledigt."

„Es war nur Jacek. Kiverna hat damit nichts zu tun."

„Aber Jacek. Warum musste Jacek sterben? Wollten Sie keine Mitwisser haben oder hat Jacek Sie auch erpresst?"

„Erpressen ist nicht der richtige Ausdruck. Er wollte seinen Lohn für geleistete Arbeit haben. Doch seine Anforderungen waren hoch, zu hoch. Er drohte damit, der Polizei einen Tipp zu geben, wenn ich nicht zahlte. Was also sollte ich tun?

„Wo ist die Tatwaffe?"

„Mein Revolver? Den finden Sie im Handschuhfach des Wagens von Kiesewetter."

„Hat Kiesewetter also doch etwas mit der Sache zu tun?"

„Nein, er hat keine Ahnung."

„Das heißt, Sie wollten ihm den Mord an Jacek anhängen und somit auch den Verdacht für die übrigen Straftaten auf ihn lenken?"

„Wenn Sie heute nicht dazwischengekommen wären, wäre mein Plan aufgegangen."

„Glauben Sie das wirklich? Wie tief muss man gesunken sein, wenn man einen solchen Plan ausheckt, Herr Direktor Dr. van Heyding?"

Ich wandte mich angewidert ab und gab den Kollegen der Schutzpolizei ein Zeichen.

„Abführen!“

Eine ausführliche Vernehmung wollte ich mir noch ein paar Stunden aufsparen. Ich hatte vorerst genug von diesem Verbrecher.

38. Kapitel

Leni, Susi, Werner Emmerich und ich hatten uns in mein Büro im Polizeipräsidium zurückgezogen. Jeder hing seinen Gedanken nach, denn es gab eine Menge zu verdauen. Einer der schönsten Fleckchen Deutschlands war plötzlich zum Schauplatz grausamer Verbrechen mutiert.

In der Vernehmung van Heydings hatte dieser all das bestätigt, was er uns bereits unmittelbar nach seiner Festnahme gestanden hatte. Jelinek und Jacek konnten für ihre Taten nicht mehr zur Verantwortung gezogen werden und Kiverna würde sich der Mittäterschaft zum Mord an Wladimir Jelinek zu verantworten haben.

Bemitleidenswert allerdings schien mir Alexander Kiesewetter. Ihm hatten wir alle Unrecht getan. Und insgeheim verfluchte ich wieder die Vorurteile, wie sie in mir gegen den Mann bei meiner ersten Begegnung mit ihm aufgekommen waren.

Kiesewetter war aus allen Wolken gefallen, als wir ihn noch am Tag der Festnahme van Heydings aufgesucht und über dessen Geständnis informiert hatten.

Der Revolver konnte tatsächlich im Handschuhfach von Kiesewetter sichergestellt werden. Der Mann, der von der Integrität seines Chefs so überzeugt war, war angesichts dieser Tatsache sichtlich in sich zusammen gefallen.

„Wir hätten es schaffen können, auch ohne unlautere Handelsweisen. Dafür, dass der Betrieb erst fünf Jahre besteht, waren wir doch schon weit, glauben Sie nicht?“ Kiesewetter hatte mich dabei verständnislos angesehen. „Irgendwann wären wir auch mit großen Lebensmittelkonzernen ins Geschäft gekommen. Er hätte sich nur auf mich zu verlassen brauchen!“

„Wie geht es nun mit der Firma weiter?“, hatte ich wissen wollen.

„Ja, wissen Sie, ich bin zu dreißig Prozent an der Firma beteiligt. Ich muss die Beurteilung der rechtlichen Lage abwarten. Wenn man mir die Chance gibt, würde ich mir neue Partner suchen, zu einem gemeinsamen Wiederaufbau. Denn eingestürzt ist ja doch einiges. Aber ‚Die Q' muss weiterleben!“

Die Tür öffnete sich und Willibald Wittenstein trat ein.

„Da sitzen meine Mitarbeiter und sollten sich über ihren grandiosen Erfolg freuen“, polterte er los. „Und was machen sie stattdessen? Blasen Trübsal! Also, so geht das nicht. Erst einmal möchte ich Ihnen allen zu diesem Erfolg herzlich gratulieren. Ich wusste immer, dass Sie es schaffen würden.“

Wittenstein suchte sich einen Stuhl und wir vier sahen uns erstaunt an.

„Eine Frage, Chef: Hätten Sie uns abgezogen, wenn wir es nicht in der von Ihnen gesetzten Frist geschafft hätten?“ Ich war gespannt auf die Antwort.

„Erfolge benötigen manchmal Opfer. Sie haben den Erfolg ohne Opfer geschafft. Seien Sie zufrieden.“

„Eine Tasse Kaffee, Chef?“ Ohne eine Antwort abzuwarten stellte Leni die Tasse mit dem heißen Inhalt vor Wittenstein.“

„Sagen Sie, dieser Pressemann ...“

„Steiner, Albert Steiner.“

„Ja, dieser Steiner. Sie haben wohl einen guten Draht zu ihm?“

„Sagen wir mal so: Wir waschen uns ab und zu mal gegenseitig die Hände. Aber im Ernst. Ich glaube, ohne seinen Artikel säßen wir heute noch nicht hier."

„Na, seien Sie mal nicht bescheiden. Das war doch Ihre Idee, das mit dem Artikel, meine ich?"

„Sehen Sie uns an, Chef. Vor Ihnen sitzt ein Team, wie man es sich besser nicht wünschen kann. Den Erfolg teilen wir durch vier und zwar ohne Abstriche. Eigentlich schade, dass alles schon vorbei ist!"

„Was halten Sie davon, heute Abend meine Gäste zu sein. Ich möchte Sie zum Essen einladen. Damit möchte ich Ihnen beweisen, wie sehr ich Ihre Arbeit zu schätzen weiß."

„Oh, das ist schlecht heute Chef", warf ich ein und ich musste nicht einmal rot werden bei meiner Aussage. „Meine Partnerin kommt heute Abend aus dem Urlaub zurück und da möchte ich eigentlich zu Hause sein. Der Dienst hat uns lange genug getrennt."

Auch Susi und Werner zeigten sich nicht erbaut von dem Vorschlag Wittensteins und hatten gleich eine Ausrede parat.

„Bleiben nur wir beiden Hübschen", wandte sich Wittenstein an Leni. „Na, wie wär`s? Ach ja, ich sehe schon, die heimatlichen Gefilde rufen. Wir werden das aber ein anderes Mal nachholen. Versprochen!"

„Das war`s dann wohl!" Susi stand auf und Emmerich folgte ihrem Beispiel. „Sehen wir uns wieder?"

„Der Hunsrück ist zwar groß, aber dennoch sind wir eine Familie. Wir sehen uns."

Ich umarmte Susi ein letztes Mal und drückte Werner Emmerich die Hand. „Danke für alles, hat mich sehr gefreut!"

„Wir sehen uns." Dann fiel die Tür hinter ihnen zu und ich war mit Leni allein.

„Dann werde ich auch mal losfahren", sagte Leni. Auf dich wartet wenigstens noch jemand."

„Das wird bei dir auch bald wieder der Fall sein. Eine so junge und hübsche Frau wie du kann und darf nicht lange alleine bleiben. Ich wünsche dir alles Gute, Leni. Bis morgen dann, in alter Frische!"

Epilog

Auf meinem Herd brutzelten drei Spiegeleier in der Pfanne, die Bratkartoffeln waren bereits braun und knusprig. Jetzt fehlte nur noch Lisa und das gewohnte Leben konnte wieder beginnen.

Nach dem Essen saß ich vor dem Fernseher, hatte mein Abendessen genüsslich verschlungen und dämmerte vor mich hin. Eine Gruppe Volksmusikanten trällerte im ersten Programm und ich war zu müde, mir die Fernbedienung zu schnappen und umzuschalten.

Gegen zehn kam Lisa.

Der Bus hatte sie vor der Haustür meiner Wohnung abgesetzt und jetzt stand sie da, im Türrahmen, den Koffer neben sich, mit einem kleinen Ruck eine Haarsträhne nach hinten in den Nacken werfend.

Ich eilte zu ihr und nahm sie in die Arme.

Doch Lisa drückte mich mit gestreckten Armen von sich. „Eigentlich müsste ich dir böse sein. Während der ganzen Zeit unserer Trennung drei Anrufe und die noch im Sekundentakt. Du hast mich überhaupt nicht vermisst! Sag, ehrlich, du warst sogar froh, dass du ein paar Tage Ruhe vor mir hattest? Ich glaube, ich sollte wieder gehen?“

Ihr Gesicht hatte sich richtig verdunkelt. Ich brachte kein Wort heraus und musste ziemlich dämlich ausgesehen haben.

„Lisa ...!“

„Reingefallen, mein Lieber! Das war doch nur Spaß. Aber einer, den du verdient hast. Du hast mich vernachlässigt. Doch, ich bin stolz auf dich. Ich habe heute den Artikel im ‚Trierer Merkur‘ über die Hunsrück-Morde gelesen. Es wird viel über die Aufklärung darin berichtet und dein Name steht ganz obenan.“

„Komm rein, Lisa. Herzlich willkommen! Ich bin froh, dass du wieder da bist. Du hast mir gefehlt.“

„Ein bisschen?“

„Mehr als das!“

Morgen, am Freitag, würde ich freimachen. Ja, ein Anruf und der Tag gehörte Lisa und mir. Und das ganze Wochenende, abgesehen von den Überstunden, die während der letzten zwei Wochen angefallen waren.

„Wir könnten doch am Wochenende zusammen irgendwohin fahren“, meinte Lisa. „Vielleicht nach Idar-Oberstein!?“

„Nur nicht! Ausnahmsweise machen wir um diese Stadt an diesem Wochenende einen großen Bogen. „Ich kenne da ein verträumtes Weingut, mit herrlichem Riesling, einem guten Regent-Rotwein und kulinarischen Leckereien. Dorthin werde ich dich entführen.“

„Entführe mich!“ sagte Lisa und sah mich schmachtend an. „Ich bin zu allem bereit.“

*Ende

*Bitte, blättern Sie um!

Tatort Hunsrück, es geht weiter!

Heiner Spürmann ermittelt wieder. Der nächste Kriminalroman von Hannes Wildecker mit dem Titel „Die Bestie vom Saar-Hunsrück-Steig“ steht vor der Vollendung. Dabei führen ihn seine Ermittlungen in einer grausamen Mordserie auf den Saar-Hunsrück-Steig von Neuhütten über Nonnweiler bis in den vorderen Hochwald. Man darf gespannt sein!